Le parfum des cendres

MARIE MANGEZ

Le parfum des cendres

ROMAN

J'AI LU

1

Bernadette était allongée, paupières fermées, les bras sagement étendus le long du corps. Au cœur de ses joues sillonnées de rides, légèrement affaissées, on distinguait le creux des fossettes, centres névralgiques d'un visage encore animé par des années de sourire. Visage arborant désormais une expression sereine – Bernadette attendait que l'on s'occupe d'elle, remettant placidement son enveloppe charnelle aux soins d'autres mains que les siennes.

Sylvain la contempla avec tendresse. D'un mouvement délicat, le pinceau alla caresser les lèvres de la vieille femme, une caresse minutieuse et colorante. Rouge grenat. Teinte identique à celle du tailleur que la famille avait préparé pour elle.

Ça lui allait bien, cette couleur au parfum de groseille. Sylvain écarquilla les narines, son regard glissa le long de la petite bouche ronde et encore charnue, séductrice, encadrée de plis amers que venaient contrebalancer, un peu plus loin, les deux fossettes rieuses. Et puis, au bout de ses doigts déformés par l'arthrose, ultime coquetterie, une dentelle de vernis écaillé... Groseille, oui. C'était bien ça. Cette fragrance piquante et fruitée. Une bille écarlate qui éclate en jus acide, très acide sous ses dehors pimpants, pas du genre à enrober le palais de douceur sucrée, la groseille, plutôt du genre à le picoter délicieusement – avec, de temps à autre, l'éclair d'amertume des minuscules grains qui cèdent sous la dent...

Il reporta son attention sur le pinceau. Une touche de plus, là. À la commissure. Une touche de plus et Bernadette retrouverait pleinement son arôme de groseille...

« ...Et ça vous dérange pas, les odeurs ? »

Sylvain se retourna, irrité. Elle le regardait tranquillement, visage neutre et sourire interrogatif aux lèvres, avec son petit carnet de fouille-merde sur lequel elle grattait sans discontinuer.

« Quoi, les odeurs ? » demanda-t-il sèchement.

Elle ne se démonta pas, son sourire s'adoucit encore, de même que s'arrondirent les inflexions de sa voix, calmement pédagogue :

« Ben, vous savez, des fois, avec les débuts de la décomposition... ça dégage quand même une odeur un peu... putride... Vous la supportez sans problème ? »

Il haussa les épaules et se contenta de lâcher :

« Faut croire que oui. »

Elle hocha la tête, retourna de plus belle à son carnet et lui à son cadavre, non sans mauvaise humeur.

Deuxième jour d'« observation ».
Putain, ça allait être long.

Il avait reçu son appel la semaine précédente, une certaine – c'était quoi son nom déjà ?... ah oui, Alice Kekchose – demandait à pouvoir « observer quotidiennement sa pratique pendant quelques semaines », dans le cadre « d'une thèse sur les thanatopracteurs » (*sic*) – tu parles d'un sujet – d'ailleurs, curieusement, elle n'avait pas dit « sur la thanatopraxie », mais « sur les thanatopracteurs », Sylvain se demandait à quoi tenait exactement la nuance. En attendant, il avait dit OK – il n'avait jamais su dire non de toute façon, c'est toujours ce qui avait causé sa perte, d'ailleurs.

Et elle avait donc débarqué la veille, était restée plantée à côté de lui pendant toute la journée, avec ses questions intempestives et le frottement désagréable de son crayon sur le papier à grain épais de son carnet bon marché. Ô joie.

Pour l'instant il se contentait de serrer les dents et attendre que ça passe. Mais cette observation, décidément, était indécente : une intrusion malvenue dans son espace intime.

Il faut dire qu'il n'avait pas l'habitude. L'essentiel de son travail s'effectuait en solitaire – ou plutôt, en tête à tête avec les défunts, instant privilégié durant lequel se tissait entre lui et le mort ce lien fragile et éphémère, cette connivence précieuse que la présence d'un vivant venait inévitablement troubler.

Sylvain ne s'entendait pas avec les vivants. Il ne pouvait établir avec eux la même complicité, ressentir à leur égard la même affection qu'envers ces dépouilles vaguement nauséabondes étalées sur la table de préparation. Un fossé le séparait d'eux : le fossé entre la mort et la vie. Ce que ressentaient les macchabées, il le comprenait, et eux semblaient le comprendre aussi, bien mieux qu'aucun vivant. Leur monde à eux, le monde des vivants, Sylvain Bragonard l'avait quitté, sur la route de Grasse, le 21 juillet il y a quinze ans.

2

L'ouverture de la housse, c'était toujours un moment spécial. On ne savait jamais exactement à quoi s'attendre. Instant Kinder Surprise.

Cette fois-ci, à l'intérieur du Kinder, c'était un lot en pièces détachées.

Alice ne put s'empêcher de réprimer un haut-le-cœur. Manque d'habitude. Elle en avait vu d'autres, pourtant, depuis plus de six mois qu'elle accompagnait les thanatopracteurs, mais là, c'était hard. Le bas, pas de souci, mais alors le haut... Sylvain, lui, ne cilla pas. Il se contenta d'observer le crâne pulvérisé et de commenter sobrement :

« Va y avoir du boulot. »

Ce qui ne semblait pas pour lui déplaire.

Deux semaines qu'Alice le suivait quotidiennement. C'était son cinquième thanatopracteur : avant lui, elle avait eu un jeune type boute-en-train expert en blagues gores, une sympathique trentenaire biberonnée à *Six Feet Under*, un aîné plus grave type majordome discret et minutieux, et puis Farida, ce sacré bout de femme charismatique, au brushing toujours parfait et aux ongles toujours soigneusement manucurés. Et maintenant, ce Sylvain Bragonard. Cinq personnalités différentes, avec leurs méthodes propres, leurs enthousiasmes, et leur attention qui ne s'attardait pas sur les mêmes détails.

Lui, pourtant, n'était pas tout à fait comme les quatre autres. Elle l'avait constaté dès le premier jour. La façon dont il regardait et maniait les corps... Y'avait un truc.

Elle le scruta. Pas vieux – la trentaine ? –, des mains fines, délicates, un visage fermé qui ne montrait des signes d'épanouissement que lorsqu'il se plongeait dans la préparation des défunts. Du reste, pas spécialement porté sur la communication.

Elle sentait bien que sa présence lui courait sérieusement sur le haricot. Pas besoin d'un doctorat en intelligence sociale pour interpréter l'expression de ses pupilles dès qu'elle s'avisait d'émettre le moindre son... Elle se faisait donc la plus discrète possible, retranchée dans un coin de la pièce, évitant généralement d'ouvrir la bouche, histoire de ne pas perturber monsieur. Elle avait également remarqué que le bruit même de son crayon paraissait l'irriter ; et, en conséquence, s'abstenait de prendre des notes, s'efforçant de garder en mémoire tout ce qui pouvait être utile, afin d'en noircir son carnet sitôt sortie du funérarium et libérée de cette compagnie légèrement taciturne.

Parfois, malgré tout, elle tentait de tirer quelque chose de cette peu active cavité buccale.

« À votre avis, lui, comment il est...

— Accident. »

Il ouvrit d'un geste sec, précis, la mallette noire contenant une partie de ses instruments, sans jeter un regard à Alice. Puis précisa après quelques secondes :

« Voiture. Ou moto. »

Alice était toujours quelque peu impressionnée par l'assurance avec laquelle ces professionnels se montraient capables, d'un simple coup d'œil, de déterminer les raisons qui avaient amené ces corps inertes sous la pointe de leur bistouri. Sylvain Bragonard, à ce titre, ne faisait pas exception.

Il commença à déshabiller le mort. Le jean déchiré, le T-shirt ensanglanté pour lequel il fallait déployer des trésors de technicité afin de l'extirper par la tête (ou ce qu'il en restait). Sylvain ne découpait jamais les vêtements, si complexe que fût l'opération. Ses mouvements étaient rapides mais doux, presque tendres ; à la précision chirurgicale s'ajoutait un on-ne-sait-quoi de délicatement attentionné, comme si ce qu'il manipulait n'était pas une masse de chairs et de fluides inanimée, mais un être vivant sensible dont il convenait de respecter à la fois les plaisirs et la pudeur.

Et surtout, une fois le corps entièrement dénudé, il prenait toujours quelques instants pour l'examiner sous toutes les coutures – jusqu'ici rien d'extraordinaire – et pour...

Alice ne trouvait pas le terme exact. Difficile à décrire. Tiens, c'est ça, voilà qu'il le refaisait maintenant... comme à chaque fois... Le regard intense qui enrobe la dépouille, non pas dans ses détails anatomiques mais dans une forme de totalité, et ces narines dilatées, tendues vers leur cible... Ce corps, il le *humait,* oui, voilà ! C'était ça. Précisément. Il humait le défunt. Dans une inspiration profonde, comme si sa vie en dépendait. Quelques secondes en suspension, durant lesquelles le reste du monde semblait ne plus exister.

Alice savait qu'il ne fallait absolument pas le troubler à cet instant-là. Elle se contentait d'observer en silence ce réflexe incongru, qu'elle n'avait remarqué chez aucun autre embaumeur de sa connaissance, et dont le sens lui échappait.

Les produits utilisés pour la désinfection du corps dégageaient une odeur chimique passablement désagréable – quoique, jugeait Alice, toujours moins pénible que les émanations naturelles du cadavre. Les mains gantées de Bragonard se promenaient à présent sur les membres du défunt, les caressaient, les frottaient et les malaxaient pour les assouplir. Rien que la procédure classique ; mais ici, il semblait que ses gestes visaient réellement à ranimer les chairs glacées, à leur insuffler, par ce contact, un peu de la vie qui coulait dans les veines de l'embaumeur. Elle ne savait dire exactement à quoi tenait cette différence infime : peut-être à l'intensité avec laquelle Sylvain Bragonard effectuait ces actes routiniers, l'expression étrange qui flottait sur ses traits – pas de la simple concentration, non, c'était définitivement autre chose – ou encore le frémissement de ses doigts minces sur la peau grise du mort…

Celui-ci, de ce qu'on pouvait en juger, contrairement à la majorité des défunts qui atterrissaient sur la table mortuaire, paraissait jeune. Très jeune. Vingt ans ? Alice n'osait pas demander à Sylvain son pronostic sur la question. Un échange de trois mots par session, c'était le maximum qu'elle pouvait espérer – au-delà, les réserves de patience verbale du thanatopracteur atteignaient très manifestement leurs limites.

Avec les autres, la conversation s'était révélée bien plus fluide et naturelle. Une succession de petites discussions informelles, techniques ou plus personnelles, qui s'égrenaient tout au long de la journée, pendant les soins eux-mêmes ou bien, davantage encore, durant les longs trajets en fourgon d'un funérarium à un autre, d'une maison endeuillée à une autre : c'était généralement lors de ces voyages entre deux morts que les langues se déliaient le plus, que le dialogue dérivait insensiblement vers le tout et le rien – ce rien riche de sens qu'Alice recueillait aussi précieusement que le reste – et qu'une forme d'intimité se tissait avec cette thésarde un peu obscure, dont on ne savait pas très bien au fond ce qu'elle cherchait, mais qui les accompagnait quotidiennement depuis des semaines.

Avec Sylvain Bragonard, toutefois, l'intérieur du fourgon, la plupart du temps, ne résonnait que de l'écho du silence. Alice avait bien essayé de lui tirer les vers du nez – c'était son boulot, et elle était habituellement assez douée en la matière – mais le nez en question était toujours resté résolument fermé, gardant pour lui ses potentiels parasites. Tout ce qu'elle avait pu en extirper se résumait à des réponses laconiques, quelques rares commentaires un tantinet borborygmiques, et le minimum syndical de la cordialité.

Pourtant, il ne s'était jusqu'à présent jamais opposé à sa présence (si désagréable cette dernière semblât-elle être à ses yeux) et continuait scrupuleusement à l'informer de ses déplacements professionnels afin qu'elle puisse se joindre à lui. Alice en déduisait qu'il était pris en sandwich entre une tranche de misanthropie en haut, et en bas une autre tranche, plus fine, de désir de contact humain. Restait juste à exploiter au maximum la saveur de la tranche du bas.

Pour ça : essayer d'arranger un entretien. C'était son objectif à court terme. Elle n'en avait pas ressenti le besoin avec les autres, les informations glanées ici ou là au gré des journées passées ensemble lui fournissant largement assez de matière. Mais si lui n'ouvrait pas la bouche sur son lieu de travail, peut-être fallait-il l'emmener sur un autre terrain. Ça se tentait, du moins.

L'opération, cette fois, dura presque dix heures : il y avait du pain sur la planche – en l'occurrence, une tête entière à faire passer du statut de sauce bolognaise à celui de visage humain. La famille avait fourni avec le corps une photo du jeune homme pour aider à la reconstitution, mais Sylvain n'y avait jeté qu'un œil distrait, paraissant agir au feeling bien plus qu'en suivant un rigoureux protocole de copie.

Le résultat, constata Alice, n'en fut pas moins bluffant d'exactitude. Ou plutôt, à y regarder de plus près, moins exact que proprement *vivant*... Ce qui, à la fin de la journée, se trouvait allongé sous leurs yeux n'était pas une poupée de cire figée ; c'était un garçon endormi, un peu abîmé, mais sous les paupières duquel la vie semblait continuer de battre – et de se battre. Alice en était troublée. Elle ne pouvait détacher son regard de ce corps presque vibrant quoiqu'immobile, le voyant déjà se relever d'un bond sur ses jambes, ciao les gars merci pour le ravalement de façade, j'vais m'faire un p'tit kebab...

Sylvain affichait un air satisfait. Ses traits avaient rarement paru aussi détendus. Il s'était montré intensément concentré durant toute la journée, plus encore que d'habitude, ne levant même pas la tête lorsqu'Alice, au bord de l'inanition, avait fini par sortir s'acheter un sandwich et demandé, au passage, s'il souhaitait qu'elle lui ramène quelque chose. (D'ordinaire, c'était lui qui, entre deux préparations de corps, la plantait là en marmonnant qu'il allait manger et revenait dans vingt minutes.) Et à présent, planait sur son visage la sérénité du boulot accompli.

Il désinfectait et rangeait ses instruments un à un dans les lourdes mallettes noires lorsqu'elle se jeta à l'eau. Une brèche temporaire s'était ouverte dans sa nervosité habituelle : c'était maintenant ou jamais.

« Au fait, à l'occasion... si vous avez le temps... on pourrait discuter un peu ? Ça serait très utile pour mon travail... en complément de l'observation directe, vous voyez. »

Il se retourna, sourcils froncés.

« Discuter de... ? »

De vos organes génitaux et des modalités d'élevage du lapin nain, faillit-elle répondre, mais se retint – réflexe professionnel.

« Ben, de votre parcours, de votre perception du métier de thanatopracteur... ce genre de chose... »

Elle accompagna ses propos d'un sourire engageant :

« On pourrait, par exemple, aller se poser dans un café après le travail, si ça vous dit ?

— Un *café* ?... »

Visiblement, non, ça ne lui disait pas. Il la fixait comme si elle lui avait proposé de partir en Sibérie à dos de chameau.

« Ou bien, je sais pas, n'importe quel endroit qui vous semblerait approprié pour discuter... »

Silence.

« Va pour le café, finit-il par marmonner de mauvaise grâce, mais pas longtemps, hein. »

C'était pas gagné, mais toute perche était bonne à saisir : petit pas pour Alice, grand pas pour Sylvain Bragonard et son humanité.

3

La porte se referma dans un claquement sec. Sylvain jeta sa veste sur une chaise, bifurqua vers le placard. Il se servit un verre de vinaigre, puis se laissa tomber avec lassitude sur la seconde chaise.

L'apaisement qu'il avait ressenti en quittant Cédric, le dernier cadavre de la journée, s'était déjà évaporé. Toujours pareil. Ça ne tenait jamais la soirée. Et ne laissait, à la place, qu'un grand vide teinté d'amertume – un vide à l'odeur de formol.

Mais aujourd'hui, ce vide sentait aussi autre chose. Ça avait été furtif, et restait maintenant en arrière-plan – bien moins intense qu'il avait pu l'être par le passé – mais il l'avait distinctement perçu tout à l'heure, et le percevait encore à présent. Ce relent âcre de pneus brûlés... Toujours lui, oui. Toujours. Il lui avait sauté au nez à l'ouverture de la housse, brève mais violente décharge olfactive, un électrochoc traversant son cerveau. Puis, tout aussi brusquement, l'éclair s'était éteint, laissant dans son sillage une traînée rance... C'était tenace, cette merde.

Le parfum de Cédric était ensuite venu, heureusement, recouvrir l'horreur. Subtil mélange musqué et boisé, Cédric... Du cuir animal, rêche et lourd, énergique ; à quoi s'ajoutaient des notes de cèdre, plus douces et fines, suaves, tout aussi terriennes. Un corps sec et svelte, aux jambes et avant-bras tannés par le soleil, la forme des muscles saillant sous la peau mince – celui d'un tout jeune homme en pleine santé, qu'on voyait se mouvoir avec vivacité, vélocité, une façon brute et joyeuse d'aborder la vie, comme une course d'obstacles ludique dans laquelle il se lançait avec la confiance ingénue de la jeunesse envers sa forme physique. Sylvain n'avait d'abord ressenti que ces fragrances sèches – et puis soudain, un effluve de mousse, l'odeur délicate des sous-bois humides... Il y avait ces ongles rongés presque jusqu'au sang, et puis ce visage qu'on devinait au milieu de la charpie et que Sylvain avait reconstitué, pas à pas : un visage doux, enfantin, imberbe, aux joues encore marquées par une acné modérée, visage rieur mais au front traversé d'un discret pli d'anxiété. De ses muscles émanaient, comme une dernière touche ténue venant compléter le tableau, les senteurs d'un fragile univers végétal s'épanouissant dans la pénombre.

Un beau parfum, oui.

Il but son vinaigre à petites gorgées, savourant le crépitement de son palais sous les décharges acides du liquide. Lequel remontait illico vers la cavité nasale, la saisissait tout entière d'une main brûlante avant de redescendre doucement, pour aller gratifier le fond de ses intestins de sa caresse abrasive. Sylvain jeta un coup d'œil au verre. C'était du vinaigre de vin, il avait la couleur d'un jus de groseille – et la puissance de l'éthanol.

Oui, Cédric, c'était un beau parfum, mais l'odeur de pneus brûlés était revenue illico, vicieuse piqûre de rappel, sitôt sorti du funérarium. Dix heures d'efforts acharnés pour la masquer, ça n'avait évidemment servi à rien. Rien ne servait jamais à rien, avec elle.

Quoique, ça faisait un certain temps qu'elle n'était pas venue lui donner de ses nouvelles... Plusieurs mois ?... Au moins. Elle s'était quand même atténuée, avec le temps. Mais, de toute évidence – le cas de Cédric le montrait bien –, il ne s'en débarrasserait jamais vraiment.

Cette putain de saloperie. Quinze ans qu'elle lui collait aux basques. Son ombre pour l'éternité – merci pour le cadeau.

Il espérait que son trouble, tout à l'heure, n'avait pas été trop manifeste. Bien que la fille, Alice, eût elle aussi paru un peu ébranlée... Certainement pas pour les mêmes raisons, ceci dit. Un baptême de boîte crânienne explosée, ça fait toujours un petit quelque chose. Question d'habitude. Curieusement, il s'apercevait qu'il s'était un peu (d'une certaine façon) habitué à sa présence. Du moins, celle-ci ne lui causait plus de l'urticaire comme aux premiers jours. Il ne savait pas trop, au juste, que tirer de ce constat. Mais quand même, cette histoire de café... qu'est-ce que c'était que ces conneries ? Fallait pas abuser non plus, hein.

Il attrapa la bouteille avec une certaine brusquerie et se servit un deuxième verre de vinaigre.

4

« Meussieudame. Qu'est-ce que je vous sers ? »

Le serveur ne souriait pas. Professionnel et expéditif.

Alice, elle, lui sourit. Question de principe.

« Cappuccino pour moi, s'il vous plaît. »

La tête du serveur pivota vers Sylvain.

« Une carafe d'eau... »

Silence.

« Et avec ceci ? »

Le ton indiquait clairement qu'il s'agissait d'une question rhétorique, et que si rien n'allait avec ceci, le buveur d'eau en carafe était cordialement invité à aller poser fissa son postérieur sur un banc public.

« Bon, grommela Sylvain, donnez-moi plutôt un Perrier. »

L'autre gribouilla la commande sans un mot et tourna les talons.

C'était un bistrot ordinaire de ville moyenne, à quelques pas du funérarium. On était samedi et la journée de travail de Sylvain avait fini relativement tôt, vers dix-huit heures. L'intérieur de la brasserie résonnait des éclats de voix des nombreux clients ; dans l'air flottait l'odeur du week-end et du café torréfié.

Alice observa l'embaumeur. Il semblait mal à l'aise, déstabilisé et presque perdu dans cet environnement si éloigné de son habitat naturel. Alice lui trouva un air vaguement attendrissant. Face aux cadavres, son silence taciturne et son assurance professionnelle l'intimidaient ; ici, c'était lui l'oisillon intimidé, et elle qui menait la barque.

Elle sortit carnet, stylo et son petit dictaphone qu'elle posa entre eux, au milieu de la table.

« Ça vous dérange si j'enregistre ? »

L'intéressé émit un « mmh-mmh » elliptique, qu'elle interpréta comme un non.

« Vous faites toujours des entretiens comme ça, dans des cafés ? » demanda-t-il alors qu'elle allumait le micro.

« Souvent, oui. Ou parfois chez les gens, aussi. »

Elle lui adressa un sourire candide. Alice était consciente d'être dotée d'un physique trop ordinaire pour que ses demandes d'entretien soient jamais perçues de façon tendancieuse. Elle n'était pas jolie, un peu brute de décoffrage, et cela constituait un atout précieux pour aborder n'importe quelle interview avec sérénité.

Elle ouvrit son carnet et tapota le bout du stylo contre la table.

« Est-ce que je peux vous demander votre âge ?

— Trente-sept ans.

— Et vous exercez comme thanatopracteur depuis... ?

— Neuf ans. »

Elle le détailla à nouveau. Les doigts de l'embaumeur caressaient machinalement la serviette en papier, ses yeux fuyaient pour parcourir la salle. Deux yeux bruns, vifs et nerveux, à l'éclat aigu – avec pourtant, là-bas au fond, quelque chose d'éteint… Ils surplombaient un nez droit et fin, à l'arête coupée à la serpe ; plus haut, des cheveux châtain clair, qui avaient dû être blonds dans sa prime jeunesse.

Alice savait que son regard scrutateur pouvait parfois gêner ses enquêtés, et les gens d'une façon plus générale – car elle avait la fâcheuse habitude, même en dehors du boulot proprement dit, à darder ses prunelles sur tout individu entrant dans son champ de vision, manie qui d'ailleurs lui avait déjà valu quelques insultes dans les transports en commun.

Ici, elle ignorait si le malaise de Sylvain Bragonard tirait son origine de ce regard insistant, ou bien du simple fait d'être assis dans un bistrot pour parler. Probablement un mélange explosif des deux.

« Est-ce que vous pouvez me raconter un peu votre parcours ? Comment vous en êtes venu à cette profession ?

— Qu'est-ce que voulez savoir ? » cracha Sylvain d'un ton bourru.

Ça s'annonçait laborieux – elle ne s'attendait pas à autre chose avec Bragonard de toute façon, et était, de fait, préparée psychologiquement, mais ça n'allait quand même pas être de la tarte.

« Eh ben, par exemple… qu'est-ce que vous avez fait avant ?

— Avant ?

— Oui… Avant de devenir embaumeur. »

Elle avait calculé : trente-sept ans, neuf ans de pratique, théoriquement deux ans de formation, ça donnait vingt-six. Qu'avait-il fait jusqu'à l'âge de vingt-six ans ? Une retraite monastique dans les Carpates ?

Une lueur trouble flotta dans les pupilles de Sylvain.

« De la chimie », marmonna-t-il.

« Chimie ? Des études de chimie ?… Et vous pensiez faire quoi, après ça ?

— Ben, de la chimie. »

Bon.

« Et… donc… qu'est-ce qui vous a fait passer de la chimie à la thanatopraxie ? » tenta-t-elle de nouveau, opiniâtre.

Ils furent interrompus par le serveur à gueule d'enterrement, qui leur apportait le Perrier et le cappuccino. Alice remercia d'un large sourire, Sylvain d'un vague signe de tête.

Elle huma sa tasse, lâcha spontanément, avec enthousiasme :

« J'adore l'odeur du cappuccino ! »

Son compagnon de table ne réagit pas. Il n'avait pas ouvert la bouche, et elle lui signifia de l'œil qu'accessoirement elle attendait toujours une réponse. Il finit par hausser les épaules :

« Rien d'illogique. C'est très lié, la chimie et la thanatopraxie. On a besoin de larges connaissances en chimie pour pouvoir manipuler les produits et les corps.

— Soit... Donc, vous avez étudié la chimie depuis la sortie du lycée jusqu'à l'âge de vingt-six ans ? »

Il lui jeta une œillade qui sentait fort le mêle-toi-de-ton-potager-ma-belle-ou-c'est-toi-qui-finiras-sur-la-table-de-préparation.

Elle laissa échapper un soupir. Ce type était un vrai coffre-fort. Rien à en tirer. Elle se demandait tout de même ce qui l'avait poussé à accepter l'entretien. Peut-être simplement une politesse bourrue qui consistait à ne jamais articuler un « non » frontal. Ou peut-être, toujours, la couche inférieure du sandwich, quoique l'existence de cette dernière demeurât hypothétique... N'empêche : Alice conservait l'impression vague que la partie du cerveau de Sylvain Bragonard dédiée aux relations humaines s'était quelque part atrophiée, qu'elle était rouillée et ankylosée après des années passées à ne fréquenter que des morts.

Peut-être n'avait-il besoin que d'un peu de temps pour remettre lentement les rouages en marche.

« Vous êtes un peu trop taiseux pour ma thèse », lança-t-elle d'un ton jovial, histoire de dérider un chouïa l'atmosphère.

Il resta de marbre, tripotant avec nervosité sa bouteille de Perrier, puis lâcha brusquement :

« Et vous, pourquoi vous vous intéressez à ça ? »

Bonne question. Elle sourit.

« Je me sens trop vivante pour ne pas être passionnée par la mort, monsieur Bragonard. Comme beaucoup de personnes, non ? »

Il planta dans ses yeux un regard droit et fixe, une expression opaque sur le visage.

« ...'Pouvez m'appeler Sylvain, marmonna-t-il.

— D'accord. Et vous, Sylvain, qu'est-ce qui vous intéresse dans la mort ? »

Silence profond. Il semblait sincèrement réfléchir à la question.

« La vie.

— La vie ?... »

Il opina, l'œil intense et trouble, termina son Perrier cul-sec, et de nouveau la boucla.

5

Elle l'étouffait. Elle avait envahi sa gorge, ses narines, ses yeux. Il pleure et suffoque, il va crever, il…

Dans un râle, il se réveilla d'un bond, en nage, le souffle court. Sa main chercha à tâtons l'interrupteur, finit par le dénicher – un clic sec au milieu du silence, et la chambre s'illumina.

Il se redressa dans son lit, sa poitrine continuant de se soulever violemment au rythme du tambour cardiaque.

Elle était là. Il en avait plein le nez, impossible de se tromper, non, aucun doute… elle était revenue. La noix de muscade.

Il se leva avec effort, alla se servir un verre d'eau. Le but lentement, posa le verre puis les deux mains sur le comptoir de la cuisine, et s'y appuya lourdement. Il se sentait vague et flottant, comme si son cerveau manquait d'oxygène. C'est parce qu'il était rempli de muscade. Ça lui tournait la tête et lui piquait les fosses nasales, cette odeur forte, poivrée, obsédante.

Elle n'était pourtant pas désagréable – pas comme l'autre. Mais c'était, à chaque fois, un ébranlement de tout son être.

Elle était donc revenue. Des années, oui, des années qu'il ne l'avait pas sentie comme ça... Il croyait même qu'elle était définitivement partie – le laissant en tête à tête sinistre avec les pneus brûlés.

Et voilà qu'il la sentait, l'entendait et la voyait de nouveau... juste là, à côté de lui, *dans* lui... Ju', sa Ju', clope au bec et voix de stentor, bah alors mon Sylvou, t'as encore eu une révélation olfactive ? – et d'éclater de son rire tonitruant, ce rire sismique dont les ondulations semblaient pulvériser les murs, faire trembler le sol et le ciel. La discrétion n'était pas son fort ; les gens se retournaient régulièrement sur son passage, lui jetaient des regards courroucés, dont elle se foutait comme de sa dernière chaussette.

Oui, la voix de Ju', le corps de Ju' – un corps carré, musclé, aux hanches larges et aux mains de charpentier, un corps qui, malgré sa taille moyenne, prenait autant de place que sa voix prenait d'espace sonore – et l'odeur de Ju', son parfum brut et musqué toujours mêlé de sueur, car Ju' s'activait, ne tenait pas en place, trimbalait partout son corps massif avec une surnaturelle dextérité. Même si ce parfum, il avait de plus en plus de mal à le retrouver – ses diverses composantes s'effaçaient devant la seule muscade, qui s'imposait en maître, envahissait tout, comme un symbole désincarné et pourtant terriblement vivant de ce que Ju' avait été.

La muscade, c'était de l'huile essentielle de Ju', distillée jusqu'au noyau, et qui maintenant remplissait son nez, ses poumons, ses pensées.

C'était parti comme un foutage de gueule : t'es une putain de tête de noix de muscade, lui avait dit Sylvain, à petite dose ça relève les saveurs de l'existence, à trop forte dose ça devient psychotrope... Une moquerie à pointe de reproche, elle était trop extrême, Ju', trop passionnelle, elle vous bouffait comme elle bouffait la vie, cette vie qui à ses côtés prenait des tournants impromptus à angles aigus. Son esprit facétieux pouvait partir dans des délires psychédéliques, bouffonneries éclatantes de couleurs ; et lui suivait toujours, apportant sa modeste touche sylvanesque à cet imaginaire déjà touffu. Mais le psychédélique prenait occasionnellement des teintes plus sombres – Sylvain le savait bien. Il faisait parfois des bad trips de Ju', quand les choses allaient trop loin, quand il se laissait embarquer, en un rire, dans ses plans foireux.

Et là, c'était un putain de bad trip qui durait depuis quinze ans... Il n'arrivait pas à éliminer les effets de la substance Ju' sur son corps et son esprit. N'y arriverait sans doute jamais. Elle était toujours là, ectoplasme olfactif intoxiquant son système nerveux central. Une invasion de muscade râpée.

Phantosmie, disaient les savants docteurs. Des odeurs fantômes, qui dans l'ombre rôdaient à l'intérieur de lui, toujours prêtes à sortir du néant et à lui susurrer dans les narines leurs rengaines entêtantes. Cauchemars odorants, corps volatiles ressurgis d'outre-tombe pour envelopper Sylvain et son nez de leurs bras invisibles, jusqu'à l'étouffement.

Les bras les plus rêches, c'était bien sûr ceux des pneus brûlés... Un souffle corrosif, à l'âpreté asphyxiante, qui le prenait à la gorge, transformait ses cavités nasales en fournaise et son cerveau en cendres. Ça arrivait sans crier gare, au moindre stimulus ou carrément tombé de nulle part, restait un peu puis repartait, tout aussi brusquement. Les premières années, c'était récurrent. Un enfer. Ensuite, ça s'était éloigné, un peu... Pas complètement. Comme une teinte de fond incrustée dans la toile, qu'il suffisait d'une éraflure pour dévoiler de nouveau.

Et puis la muscade... un fantôme sympathique lui, sympathique et irritant, doucement enivrant, il voulait s'en débarrasser, l'arracher de lui tout autant que le garder à jamais, l'emprisonner dans un flacon mental hermétique qui ne fuirait pas quand bon lui semblait, il voulait qu'elle cesse de le hanter, cette fragrance épicée, qu'elle cesse, une bonne fois pour toutes, de raviver ses douleurs par sa chaleureuse et perverse caresse.

Et en même temps... c'était tellement Ju', ce côté indomptable, il n'arriverait jamais à la caser dans un flacon, non, ça ne tiendrait pas, le flacon exploserait en mille débris de verre qui lacéreraient ce qui lui restait de cervelle, c'était peine perdue, mieux valait la laisser s'exprimer, aller et venir dans son nez, imprévisible et sadiquement amusée… Eh, pète un coup, mon Sylvou ! T'as pas vu la gueule que tu tires, une vraie tronche de croque-mort ! T'es pas content d'me voir, c'est ça ? Tiens, prends une taffe, tu verras ça va t're-laxer un peu l'élastique du string… Elle lui proposait toujours une clope ou un joint, il refusait systématiquement, t'as bien raison mon chou qu'elle disait, on va pas aller niquer ton bijou d'odorat – ce qui ne l'empêchait pas de continuer à le lui proposer à chaque fois. Le Picasso du nez, c'est comme ça qu'elle l'appelait, non sans moquerie affectueuse : tu décomposes les odeurs pour les reconstituer à la sauce Sylvain, si ça c'est pas du cubisme, alors moi chuis la reine d'Angleterre.

Désormais, elle prenait manifestement un plaisir royal à le hanter, le nez de son Picasso.

Il retourna lentement dans la chambre, s'assit dans son lit, éteignit la lumière. Et resta comme ça, figé, le dos droit, les yeux écarquillés dans l'obscurité, tentant de contrôler les mouvements de sa respiration, là, voilà, on inspire, on expire, on inspire.

Des années. Un revenant de fantôme. Pourquoi était-elle revenue ? Pourquoi t'es revenue, Ju' ? Pourquoi maintenant ? Il n'y eut, pour toute réponse, qu'un rire de tambour – et la muscade, toujours.

Cette fois, contrairement à son habitude, celle-ci ne se volatilisa pas d'un seul coup. Elle reflua tout doucement, à son rythme, s'éloignant à pas de loup, se retournant parfois, disparaissant peu à peu dans l'atmosphère, comme un adieu discret. Et l'aube était déjà largement avancée lorsque Sylvain finit par s'assoupir, le buste raide, son corps tendu écrasé de fatigue et la tête pleine de vagues souvenirs flottants, agglutinés en magma odorant.

6

Putains de bouchons.

Le fourgon était condamné au surplace depuis maintenant une demi-heure, et ils avaient encore un bout de chemin à faire – les joies de l'heure de pointe.

Alice se trémoussa sur son siège. L'absence de mouvement et ce silence de plomb qui, comme toujours, régnait dans l'habitacle finissaient par épuiser ses nerfs. À côté d'elle, les doigts de Sylvain tapotaient mécaniquement le cuir du volant. Regard dans le vague et bouche crispée, l'embaumeur paraissait absorbé, englouti par un quelconque vortex intérieur. Son expression ordinaire, quoi.

Alice ne regrettait pas de l'avoir traîné dans ce café, l'autre jour. À défaut d'avoir décoincé les cordes vocales de l'intéressé – ce qui, de toute façon, eût relevé du miracle –, cette piteuse tentative d'entretien lui avait au moins permis d'observer *in situ* le comportement du spécimen Bragonard hors de l'espace des pompes funèbres, expérimentation qui s'était révélée riche en enseignements.

L'intérieur de la camionnette exhalait un effluve d'eau de Cologne, identique à celui qui se dégageait de Bragonard. C'était toujours la même odeur. Une odeur un peu… une odeur de *propre*. Quelque chose de vaguement aseptisé.

Elle ouvrit la fenêtre, passa le bout du nez à l'extérieur, dans les pots d'échappement, referma la vitre, tambourina des mains sur ses cuisses. C'est pas qu'on se faisait chier, mais un peu quand même.

« Vous écoutez jamais de musique ? »

Sa voix extirpa Sylvain des limbes dans lesquels il ruminait ; la question mit quelque temps avant de parvenir jusqu'au cerveau. Il fronça les sourcils.

« De la musique… ? Euh non, pas vraiment…

— Ça vous dérange si j'en mets ? »

Il esquissa un signe de main allusif, faites ce que vous voulez, moi je m'en tape. Il n'en fallait pas plus à Alice pour saisir aussitôt son portable :

« Z'avez envie de quoi ? »

Le regard vide de Bragonard lui indiqua qu'il n'avait envie de rien, et que du reste il s'en foutait comme de sa première tétine. Il était déjà reparti dans le vortex.

« Je vois… vous êtes pas très musique, hein ?… Bon. Moi j'ai envie d'un truc qui gueule un peu, ça vous va ? »

Elle n'attendit pas sa réponse – inexistante – pour se plonger dans sa liste deezer. Elle la parcourut d'un mouvement de doigt, qu'est-ce qui pouvait être cool, son doigt s'arrêta sur Pink Floyd, *The Great Gig in the Sky*, ah oui voilà, ça c'était parfait, absolument parfait.

L'effet fut immédiat, dès les premiers accords de piano ; son corps se détendit comme dans un bain chaud, elle se laissa couler au fond du siège – cette camionnette était enfin devenue un lieu hospitalier.

And I am not frightened of dying… et puis, deux battements de caisse et c'était parti, la voix formidablement puissante de Clare Torry s'expulsa du téléphone pour envahir le fourgon, un long hurlement tout droit sorti des entrailles, sans mots, sans paroles, juste un cri ; un cri d'une beauté rude et farouche, qui monte et descend, s'élance dans des courbes larges, longues, profondes ou des virages en épingle, semble s'évanouir et repart à nouveau.

À côté d'elle, Sylvain parut ciller – à peine une ondulation sur son visage impassible – mais elle en était sûre : il écoutait, l'air de rien, et ça remuait des trucs.

« Vous savez que c'est de l'impro ? On lui a demandé de chanter en pensant à la mort, et paf, c'est ça qui est sorti… Dingue, non ? »

Le regard songeur d'Alice se tourna vers le pare-brise.

« Parfois je me demande ce qui sortirait de moi si je devais produire un son lié à la mort… Pas vous ? »

Aucune réponse. Les yeux de Bragonard restaient vissés sur la route.

Ses paroles ne s'évaporaient pourtant pas dans l'atmosphère, Alice en avait le sentiment confus et inébranlable ; elles étaient bel et bien aspirées par le conduit auditif de son voisin – mais dieu sait ce qu'il en fichait ensuite.

La voix de Clare Torry s'éloigna peu à peu, jusqu'à n'être plus qu'un écho cerné de cordes et de piano, eux-mêmes de plus en plus ténus. Alice reprit son portable : « Bon, on continue sur les classiques anglo-saxons, ça vous va ? » (question purement rhétorique) – et lança *The Sound of Silence* de Simon & Garfunkel, qu'elle jugeait particulièrement approprié à l'ambiance.

Hello darkness, my old friend
I've come to talk with you again...

« À croire qu'elle a été écrite pour vous, cette chanson, hein », ne put-elle s'empêcher de glisser, avec un poil de perfidie. Et, pupilles dardées sur Sylvain, elle articula en play-back les mots de Paul Simon – ces gouttes de pluie tombant une à une dans le puits du silence, le silence qui, tel un cancer, croît, nous enveloppe et nous noie...

Il la regardait maintenant en coin. Ne paraissait pas irrité, plutôt vaguement amusé – ce qui était assez incongru de sa part. Et finit par ouvrir la bouche :

« Je sais que je suis pas la meilleure personne à qui faire la causette, désolé.

— Non mais vous en faites pas, je comprends... Déformation professionnelle. À force de voir des cadavres toute la journée, j'imagine qu'on finit par leur ressembler. »

Elle pensait avoir tapé fort, ça ne le fit même pas hausser un sourcil.

Le son du silence laissa place au *Boxer*. Le chœur vibrant de Simon et Garfunkel contre les murs de vide : oui, briser ce vide, à tout prix. Question de survie psychique. Balancer ses poings, violemment, dans la chape de plomb que ce type trimballait avec lui, et qui l'assommait, elle aussi, au passage. Et elle balançait la tête, monta le son à fond, marquait le rythme de ses pieds, de ses bras, accompagnait le refrain avec énergie, *lie la lie, lie la la la lie la lie, lie la lie, lie la la la lie la lie, la la la la lie...*

« Vous voyez », lança-t-elle soudain avec son enthousiasme habituel, sans trop bien savoir désormais à qui elle s'adressait – à son compagnon mutique, ou bien à elle-même –, « vous voyez comme ça s'harmonise, leurs deux voix ensemble, c'est beau, quoi, c'est juste *putain de beau* !... »

Et là, miracle : un sourire fugace sur la bouche de Sylvain Bragonard, qui continuait de lui jeter des œillades en biais tout en faisant mine de se concentrer sur la route – un vrai sourire, un peu goguenard certes, mais non dénué d'une certaine douceur, un sourire bref qui illumina sa face, juste le temps d'un passage d'astéroïde. Et s'évanouit tout aussitôt.

Sa main gauche quitta le volant pour aller farfouiller dans ses poches, d'où il ressortit cette petite boîte de bonbons à la menthe qu'Alice connaissait bien – ce n'était pas la première fois qu'elle la voyait entre ses doigts, il passait généralement sa journée à sucer ces machins. Il préleva l'une des pastilles blanches puis, après une demi-seconde d'hésitation, tendit vers Alice la boîte ouverte.

Elle lui adressa son sourire le plus radieux et prit à son tour un bonbon. Y'avait pas à dire, on progressait dans la convivialité.

Le vent glacial du menthol s'engouffra sa bouche ; la vache, c'était fort, sa merde…

« Putain, laissa-t-elle échapper dans une exclamation spontanée, ça débouche le nez votre truc !… »

Il sourit de nouveau sans rien dire, d'un petit sourire en coin, un peu sibyllin.

Et les bouchons sautaient, et Simon and Garfunkel dans le fourgon poursuivaient inlassablement leur rengaine,

Lie la lie, lie la la la lie la lie, lie la lie
Lie la la la lie la lie, la la la la lie…

7

La maison était assez cossue, dotée d'un portail en fer forgé encadré de glycine. Une petite femme ratatinée vint leur ouvrir, sèche comme un pruneau, très digne et élégante malgré son relatif délabrement physique. Sylvain la salua d'un bref signe de tête, grave et solennel dans son costume-cravate noir. Alice l'imita.

On les fit entrer et les guida jusqu'à l'étage supérieur, à travers des corridors silencieux à l'odeur de naphtaline. La chambre du mort était plongée dans la pénombre ; les rideaux avaient été tirés, seule la lampe de chevet éclairait d'une lueur un peu vacillante la tapisserie des murs et la face blafarde du cadavre. Légèrement lugubre. La dame ferma la porte derrière eux et se retira sans un mot. On entendit s'atténuer le frottement irrégulier de ses pantoufles, le craquement lointain des marches brisa encore quelques instants le silence, puis plus rien.

Les soins mortuaires s'effectuaient assez rarement à domicile, et à chaque fois Alice en conservait une impression ambiguë. Pénétrer ainsi dans l'univers du défunt revêtait pour elle, anthropologue, un intérêt aigu : elle se repaissait des moindres détails, de l'atmosphère, de l'ameublement, des objets disposés en vrac ici ou là, de tout cet environnement dans lequel le mort avait vécu et qui, encore, portait sa marque. Elle observait le comportement des gens qui les accueillaient, leur façon de regarder – ou d'éviter – la dépouille de leur proche, leur façon d'en parler ou de se taire, leur façon, aussi, d'interagir avec eux, le thanatopracteur et sa stagiaire (tel était le rôle officiel qu'Alice endossait alors), ces anges de la mort qui, par leur simple présence, attestaient cruellement de la réalité du décès – tout en restituant au cadavre, avant son ensevelissement, une ultime forme de vie.

Et parallèlement, cette incursion créait chez Alice un sentiment étrange, un peu troublant. Ainsi replacé dans son espace intime, le défunt n'était plus un corps anonyme entre les quatre murs blancs, impersonnels et aseptisés d'une chambre funéraire ; la mort y prenait une consistance plus épaisse, réelle, palpable – d'autant plus poignante que le reste, tout autour, demeurait terriblement vivant.

Sylvain alluma le plafonnier, enfila la blouse et les gants, ouvrit ses mallettes. Gestes froids et mécaniques. Il ne commençait généralement à s'animer que lorsqu'il s'occupait du corps proprement dit.

Ledit corps, cette fois-ci, appartenait à un long vieillard maigre aux joues creuses. L'embaumeur ôta la couverture en laine qui le couvrait, puis le reste des habits, toujours aussi délicatement, respectueusement. Il découvrit le corps, le détailla. Le huma...

Qu'est-ce qui, ce jour-là, produisit chez Alice cette impulsion soudaine ? Était-ce le fait qu'elle accompagnait Sylvain Bragonard depuis plus d'un mois, et se permettait, à ce titre, davantage d'audace ? Était-ce le lieu, plus personnel et intimiste que l'habituel funérarium ? Ou bien cette infinitésimale touche de chaleur qu'elle sentait naître à son égard dans les tréfonds de l'embaumeur, depuis ce jour dans la camionnette où elle l'avait bassiné avec sa musique et où il lui avait offert ses pastilles à la menthe ?

Quoi qu'il en soit, elle prit une large inspiration et balança, à brûle-pourpoint :

« Je peux vous poser une question ? »

Pour toute réponse, un « mmh » distrait et un peu rogue.

« Qu'est-ce que vous sentez ? »

Il se redressa brusquement.

« Quoi ?

— Quand vous les flairez... les morts... vous sentez quoi ? » reprit-elle timidement.

Il la fixa, très décontenancé. Contrairement à ce qu'Alice avait craint, sa face ne reflétait aucune colère : il paraissait plutôt avoir été victime d'un micro-séisme intérieur, et se trouver à présent absorbé dans les affres de l'après-crise.

Il ouvrit la bouche, la referma, jaugea Alice et finalement lâcha :

« Ici, du vieux journal et de la bergamote...
— Hein ? »

Alice écarquilla les yeux. Elle s'était attendue à un assez vaste éventail de réponses, mais pas à ça.

« Du vieux journal, répéta-t-il, avec une pointe d'impatience. Quand le papier jaunit et commence à s'émietter, vous savez... ça dégage un genre d'odeur suave et humide, très légèrement plus sucrée que les vieux bouquins mais c'est la même famille, la cellulose en décomposition, c'est très fin et délicat, cette odeur, léger comme la poussière et dense à la fois... Vous voyez ses mains (il tendit le bras vers le cadavre), vous voyez son visage : du parchemin desséché, c'est un corps d'intellectuel, du papier il en a bouffé toute sa vie et ça ressort par tous ses pores, vous sentez ? »

Elle ne sentait pas vraiment, mais elle constatait surtout qu'il n'avait jamais aligné autant de mots à la suite depuis qu'ils se connaissaient, et ce constat la plongeait dans la plus intense stupéfaction.

« Et... la *bergamote* ?

— La bergamote... » Il sourit. « Ça pétille, la bergamote, c'est frais et acidulé, raffiné aussi, sociable et un peu espiègle... Vous trouvez pas ? »

Elle n'en avait strictement pas la moindre idée. Et se demandait bien quel pouvait être le rapport avec le cadavre grisâtre étalé sous leurs yeux.

Sylvain reporta son attention vers ce dernier, l'étudia de nouveau, hocha la tête et appuya, sur un ton d'évidence :

« Bien sûr qu'il sent la bergamote. »

Alice, elle, ne sentait guère que l'odeur du renfermé et du vieux corps en voie de pourriture. Elle se pencha néanmoins sur la dépouille, la renifla à son tour – mouais non beurk, définitivement pas de bergamote –, la scruta et oui, d'accord, elle voyait peut-être, *un peu*, effectivement… les plis rieurs, malicieux, au coin des yeux, l'allure générale d'élégance soignée dont ce corps, qu'on devinait abîmé par la maladie, même dans la mort ne s'était pas départi.

Elle leva vers l'embaumeur un regard incertain. Celui-ci s'était déjà replongé dans la procédure, avait sorti ses bidons de solution désinfectante et poursuivait imperturbablement ses soins mortuaires. Alice reprit sa position d'observatrice muette ; mais elle le sondait désormais avec une intensité accrue, les méninges ployant sous la perplexité.

Quel drôle de type…

Le silence retomba sur la chambre à haut plafond et rideaux de taffetas rouge, à peine troublé par le cliquetis des instruments, les gargouillis des tuyaux en plastique purgeant le corps de ses diverses substances, le froissement de tissu des nouveaux vêtements dont Sylvain revêtit le défunt, le frottement des pinceaux de maquillage sur la peau morte.

Et tout à coup, au stade de l'application du fond de teint, la voix de Bragonard :

« Y'a un peu de térébenthine, aussi.

— Téré... quoi ?

— Térébenthine. »

Il caressa soigneusement du bout du pinceau le lobe d'oreille gauche du cadavre.

« Des notes de résine de pin. Ça sent l'encaustique, du bois bien traité, lissé, soigné. Végétal, sophistiqué, un peu entêtant. Facilement inflammable et toxique à trop fortes doses. »

C'était assez hermétique pour Alice. Elle ne répondit rien, se contentant de garder ses pupilles fixées sur l'embaumeur qui apportait paisiblement à son œuvre la touche finale.

Le mort était prêt. Alice descendit prévenir la dame qu'elle pouvait venir voir son époux et éventuellement donner son appréciation. Ladite dame se hissa un peu péniblement jusqu'à l'étage, son regard se posa sur le corps, un pâle sourire apparut sur son visage grave et ridé. Elle serra avec chaleur la main de Sylvain, les yeux un peu humides, c'était émouvant, Sylvain lui-même n'eut pas l'air d'y être indifférent.

Ils furent raccompagnés jusqu'à l'entrée, nouveau mouvement de tête sobre, « Madame », suivi par le grincement du portail en fer qui se refermait derrière eux, les laissant seuls sur le trottoir dans l'air frais du soir.

Sylvain chargea sans un mot les lourdes malles à l'arrière du fourgon. Alice s'approcha, un peu timidement :

« Bon... Peut-être à demain ? »

Demain, c'était dimanche – un jour comme un autre dans la vie d'un thanatopracteur. Mais il secoua la tête.

« Pas demain. »

Elle se figea.

Ça y est, c'était donc fini. Elle le savait bien, que c'était une connerie, bon sang. Le jour où elle saurait tenir sa langue, sa foutue langue... Elle allait la clouer et la coudre à son palais, définitivement, et comme ça il n'y aurait plus jamais de p...

« Demain, c'est l'anniversaire de ma sœur. »

Sa sœur ? Sylvain Bragonard avait une *famille* ?... Incroyable. Il n'était donc pas une entité abstraite évoluant dans un espace mental dépourvu de tous ces vulgaires liens interpersonnels propres au commun des mortels.

Son ton indiquait néanmoins l'étendue de la corvée.

« Ah oui ? Elle a quel âge, votre sœur ?

— Trente ans... »

Deux ans de plus qu'Alice.

« Et vous... vous vous entendez bien avec elle ? »

Il claqua sans douceur les portes arrière de la camionnette, afficha un air pensif.

« ...Disons qu'on ne s'entend pas, mais qu'on se voit... Si vous voyez ce que je veux dire. »

Il contourna le véhicule, ouvrit la portière avant, se glissa à l'intérieur. Et, avant de la refermer, adressa à Alice un petit sourire bref et pudique :

« À lundi. »

8

« Et ton frère, t'es sûre qu'il sera là ? »

Aude Bragonard haussa les épaules. Sûre ? On ne pouvait être sûr de rien, avec Sylvain. Mais la chose était empiriquement avérée, ils le voyaient trois fois par an, ni plus ni moins – quelques heures à chacun de leurs anniversaires : celui des parents, et le sien. (Quant à l'anniversaire de l'intéressé, celui-ci leur avait signifié sans équivoque qu'il était hors de question de le lui fêter.) Jusqu'à présent, il n'avait jamais fait exception à cette règle.

« En principe, il vient, ouais... »

Nicolas soupira.

« Ô joie... »

Nico et Sylvain, depuis le début, n'avaient jamais pu se sentir. Il est trop chelou ton frangin, disait le premier, honnêtement il me fout un peu les jetons – et ledit frangin, de son côté, n'avait jamais exprimé à l'encontre de son beau-frère autre chose qu'une glaciale indifférence.

Aude ne pouvait pas en vouloir à Nicolas. Elle avait tenté de lui expliquer que Sylvain n'avait pas toujours été comme ça – qu'est-ce que ça peut foutre, avait rétorqué Nico, moi ce que je vois c'est comment il est maintenant, et tout ce que je peux dire c'est qu'y a sérieusement un souci au niveau du ciboulot.

Aude était forcée d'admettre qu'il avait parfaitement raison sur ce point.

Les parents les accueillirent au premier coup de sonnette, avec effusion.

« Sylvain n'est pas là ?

— Pas encore, chérie.

— Des nouvelles ? »

Éliane Bragonard leva les mains au ciel d'un geste éloquent, le jour où j'en aurais des nouvelles, chérie, j'irai me convertir au pentecôtisme.

Elle prit leurs manteaux, les épousseta soigneusement pour les ranger dans la penderie, leur tendit des pantoufles (« on discute pas ! ») et s'éloigna de son pas trottant.

Aude resta quelques instants sur le pas de la porte, inspirant le parfum familier des lieux. C'était un pavillon de banlieue ordinaire, du début du XXe siècle, construit tout en meulière, cette pierre couleur café au lait, un peu friable, typique du coin ; pour elle, c'était le bercail, qui par sa simple odeur douce-amère se rappelait à ses souvenirs.

Aujourd'hui, à ce parfum s'ajoutaient, émanant de la cuisine, des effluves de gâteau au four – moelleux au chocolat, identifia-t-elle, le fameux moelleux dont on tenait la recette confidentielle de Tante Mickette. Il avait fallu déballer des trésors d'ingéniosité pour parvenir à la lui soutirer avant qu'elle ne l'emporte dans sa tombe, quelle chieuse celle-là... Heureusement que son gâteau était un peu plus suave qu'elle. Une vraie tuerie ce gâteau, d'ailleurs c'était un des desserts préférés de Sylvain – la fine bouche de la famille l'avait élu dans son top five, c'était pour dire.

Elle savait pourtant qu'il n'y toucherait pas, à ce moelleux ; aujourd'hui pas plus que les autres jours. Il était loin le temps où il virait Éliane de la cuisine avec une affection un peu bourrue, bouge-toi maman laisse-moi faire, farfouillait dans les placards à la recherche d'ingrédients insolites, reniflait tout, tentait des combinaisons pleines d'audace qui se révélaient (presque) toujours étonnamment savoureuses – si sceptiques que fussent ses cobayes à l'annonce du menu. Il était loin le temps où il lui racontait des histoires d'odeurs et qu'elle l'écoutait, intensément, sans toujours tout comprendre mais l'enthousiasme de ce frère un peu taré était communicatif, ses yeux brillaient, Aude, laisse-moi te dire, j'ai encore *rencontré* une nouvelle odeur aujourd'hui...

Loin, tout ça, loin, et ça lui pinçait le cœur, à chaque fois.

Elle traversa l'entrée. De la cuisine parvenaient également les voix de Nicolas et des parents, il taillait une bavette avec eux, alors Fabrice et Éliane, comment ça va la vie et le jardin ? Conversation badine et gaie, il était doué pour ça, peut-être la raison pour laquelle les parents l'appréciaient, enfin, surtout Éliane – Nico savait susciter la sympathie partout où il passait, sans trop d'éclats, dans toute sa tranquille absence d'originalité. C'est sûr que pour Éliane et Fabrice Bragonard, la banalité attentionnée et extravertie de Nicolas formait certainement un contraste reposant avec la sombre taciturnité et l'existence étrange de leur propre rejeton.

Elle se dirigea vers le salon, s'approcha des larges baies vitrées qui donnaient sur le jardin. Pas très grand, le jardin ; suffisant toutefois pour y planter quelques arbres fruitiers ainsi que des parterres de fleurs cultivées avec amour par Éliane, et pour avoir abrité tous leurs jeux de gamins. Sylvain, elle, et le chien Durian dont la spécialité notoire était de se rouler dans la merde, ce qui lui avait d'ailleurs donné son nom, proposition du frangin, parce qu'« y schlingue pareil mais est pareillement délicieux à l'intérieur ». Durian avait vécu jusqu'à l'âge honorable de quatorze ans avant de succomber à un cancer de l'estomac ; son portrait en grande pompe ornait désormais le vestibule, au pied de l'escalier qui menait aux chambres. La sienne, à la porte peinte en rose pâle, évoquait un laboratoire de Barbie en herbe, et celle de Sylvain un laboratoire tout court, dieu sait ce qu'il trafiquait là-dedans avec ses trois milliards de flacons, elle ne pouvait parfois pas résister à la tentation d'aller y fourrer son nez – et il débarquait toujours en furie un peu plus tard, putain Aude, combien de fois je t'ai dit de ne

PAS rentrer chez moi ? Elle se confondait aussitôt en dénégations véhémentes, comment ça, de quoi tu parles, j'ai *jamais* mis le pied dans ta chambre – il la regardait, narquois, parfaitement assuré : bien sûr que si, t'y es entrée, je l'ai senti...

La sonnette tinta, ramdam dans l'entrée, Éliane qui accourait avec ses chaussons, Aude ! ton frère est arrivé !

Mon frère, quel frère... Elle ne bougea pas, resta vissée à la baie vitrée.

C'était son frère, cette lame de métal, cet homme de fer, froid, gris et triste, sans couleur, sans chaleur, qui venait de débarquer dans le vestibule ? Non, lui, c'était un étranger. Son frère, c'était l'autre, celui qui peuplait ses souvenirs... Sa grenouille, comme elle l'appelait affectueusement – Grenouille en référence au héros psychopathe du *Parfum,* capable de discerner les plus infinitésimales nuances olfactives et qui, comme Sylvain, jaugeait par son nez les gens et leur parfum singulier. Ça le faisait marrer, je suis quand même pas si moche, rassure-moi, et au moins je tue personne... et puis moi, contrairement à Jean-Baptiste Grenouille, j'ai une odeur, non ? Sa voix se relevait toujours en une note d'incertitude, un léger point d'interrogation qui semblait l'angoisser plus qu'il ne voulait l'admettre.

Un jour – c'était quoi, deux ou trois ans avant l'accident ? –, il l'avait soudain fixée d'un regard grave : Aude, d'après toi, je sens *quoi*, moi ? La question l'avait plongée dans la perplexité, elle était loin de posséder son flair. Bien sûr qu'il avait une odeur, comme tout le monde, mais *quelle* odeur… ? Qui pouvait répondre à ça ? Elle avait fini par dire la pomme de pin, d'un ton un peu hasardeux, pour une raison inexplicable elle trouvait que ça lui allait bien, il avait hoché la tête, pensif et plutôt sceptique, étudiant la proposition, pomme de pin…

Elle entendit les pas dans son dos, accompagnés d'un effluve d'eau de Cologne, et finit par se retourner.

Il lui sourit, du moins si l'on pouvait appeler ainsi ce semblant d'étirement de lèvres bref et absent :

« Bon anniversaire.

— T'étais pas obligé de venir », rétorqua-t-elle sèchement.

Elle ne pouvait pas s'empêcher d'être toujours sèche, comme ça, avec lui, presque agressive, elle lui en voulait, oui, lui en voulait terriblement, pour une raison qu'elle ne parvenait pas elle-même à décrypter totalement.

Les autres ne tardèrent pas à les rejoindre en fanfare, joyeux anniversaire, joyeux anniversaire Aude, joyeux anniversaiiiiiiiire, Éliane portant le plat sur lequel trônait, surchargé de bougies, le fameux moelleux au chocolat.

« Doux Jésus, Éliane, s'exclama Nicolas à la première bouchée (mimiques à l'appui) après avoir galamment assuré le service, il est toujours aussi exquis, votre moelleux !

— Oh, il n'est vraiment pas difficile à faire, je te donnerai la recette, mon grand, si tu veux…

— Quel honneur ! Dois-je voir ça comme un adoubement ? »

Éliane ronronnait, Fabrice se taisait, mine pensive et nez dans son assiette. Envers Nico il s'était toujours montré plus réservé que sa femme, il semblait globalement l'apprécier, *mais* – il y avait un « mais ». Quand bien même il ne l'apprécierait pas, d'ailleurs, il ne le dirait jamais ouvertement. Il ne disait jamais rien ouvertement, son père, il se contentait de ronger son frein placidement, silencieusement, et de laisser les autres deviner ses pensées, en homme contemplatif et débonnaire qui préférerait s'arracher un bras plutôt que d'articuler un « non » et de mettre le moindre orteil dans la confrontation. Avec ça, pas très bavard, du genre à rester en retrait, pour placer de temps à autre une petite vanne légère et discrète, aussi discrète que sa personne, facilement écrasée par la volubile animation de son épouse.

Laquelle épouse, avec le soutien actif de Nicolas, s'efforçait gaillardement d'alimenter la conversation au milieu des trois autres convives résolument muets ; elle s'agitait, papillonnait dans le vide, leur resservait du gâteau, parlait pluie, boutique et beau temps, tentait avec une énergie louable de tirer les vers du nez de son fils, de lui arracher ne serait-ce qu'un semblant de parole, autre que « ça va. », « oui. », « normal. » et « non merci. ».

Sylvain n'avait évidemment pas touché au gâteau, visage fermé et doigts crispés sur son verre d'eau. C'était toujours comme ça, immuable, chaque réunion de famille depuis quinze ans – Fabrice et Aude qui s'enfoncent lentement dans une douce tristesse, Éliane qui meuble, Sylvain enferré dans sa forteresse de mutisme. À quoi ça rimait, cette comédie, elle n'en savait rien, et lui, qu'est-ce qu'il foutait là, si voir la famille lui semblait une telle corvée, qu'est-ce qu'il cherchait, bon sang, à part plomber l'ambiance avec son silence...

Certes, il n'avait jamais été particulièrement causant, Sylvain, plutôt réservé et introverti comme leur père, du genre à observer plus qu'à parler – les récits d'odeurs qu'il concoctait pour Aude de temps à autre constituant ses seuls moments de relative loquacité. Mais depuis l'accident, c'était juste un mur. Un mur. Rien d'autre. La mort de Ju', ça lui avait fait péter un plomb, complètement. Elle comprenait, évidemment, c'était terrible... mais enfin, ça faisait des années. Était-ce normal de ne toujours pas être revenu à soi-même, après tout ce temps ?

Aude s'était faite à l'idée que « lui-même », désormais, c'était ça. Cet homme de métal. Elle s'était faite à l'idée qu'elle avait perdu son frère il y a quinze ans ; et depuis quinze ans elle s'efforçait de faire son deuil.

Ses yeux glissèrent sur le salon, son père absorbé dans un journal, Nico et Éliane qui discutaient entretien des rhododendrons, Sylvain qui s'était levé et regardait à travers la baie vitrée d'un air absent, absent comme il l'était depuis l'accident, et elle se répétait, dans une boucle obsessionnelle : quinze ans, oui, quinze ans qu'il n'avait pas réellement interagi avec eux... Même Durian, alors dans ses dernières années, il le fuyait, comme il les fuyait tous, pour une destination dont lui seul – peut-être – connaissait les coordonnées géographiques, loin, très loin au fond de lui-même, là où un truc s'était définitivement brisé.

Et Aude repensa à Grenouille, et pensa que Sylvain lui aussi, en fin de compte, était un meurtrier. Comme le Grenouille du bouquin, il avait bel et bien tué quelqu'un : lui-même.

9

Le claquement de la porte avait le parfum du soulagement. Sylvain s'appuya contre le mur. Épuisé, laminé. Quelques heures avec Bragonards & pièce-rapportée avaient littéralement pompé son peu d'énergie disponible.

Ses yeux parcoururent ce lieu qu'il qualifiait de chez-lui : blanc et vide comme une chambre funéraire, un espace neutre, impersonnel, dénué de tous ces souvenirs qui envahissaient la maison de son enfance, souvenirs flottant là, partout et pourtant inaccessibles, souvenirs parasites qui le narguaient douloureusement, de l'autre côté du mur de verre séparant Sylvain du monde des vivants.

Revenir chez ses parents, c'était affronter le reflet glacé de ce qu'il avait été et de ce qu'il avait perdu. Un coup de cutter dans ses plaies à vif.

Cuisine. Placard. Vinaigre. Anesthésier tout ça. Il saisit la bouteille, but à même le goulot, là, voilà, ça brûle bien, parfait pour cautériser, les viscères qui partent en cendres avec le regard d'Aude et le Sylvain vivant des photos du salon...

Le regard d'Aude. C'était le plus terrible. Il le sentait peser sur lui, à chaque minute, ce regard, elle cherchait sa grenouille, qu'est-ce que t'as fait de ma grenouille demandaient ses yeux. Elle est morte, ta grenouille, ma pauvre Aude, morte et enterrée, elle reviendra pas, oublie-la. Mais elle n'oubliait pas et lui non plus, et leurs souvenirs les consumaient tous les deux, de chaque côté du mur.

La tête lui tournait, le vinaigre y était monté illico – tant mieux, vas-y mon coco, fais-toi plaisir, surtout récure bien, qu'il ne reste plus rien, rien qu'un vide aseptisé. Comme cet appartement, comme le funérarium, des lieux de non-vie, des lieux de mort, froids et sans couleur, c'était à ça qu'il voulait qu'il ressemble, son putain de cerveau, mais ça ne marchait pas, sa mémoire restait là, encore palpitante, odorante, la mémoire de vingt-deux années de vie coincées à l'intérieur de lui et qui se fracassait, inlassablement, contre les murs de verre.

Comment leur dire, les murs de verre...

Comment leur dire qu'il vivait désormais dans un bocal, autrement dit qu'il ne vivait plus, qu'entre lui et le monde s'élevait cette paroi épaisse et transparente qui l'entourait tout entier, pas d'échappatoire, une prison de verre sans oxygène où l'on ne pouvait respirer ?

Il ne pouvait pas.

Impossible.

Il aurait suffi d'un mot, pourtant, un mot pour leur expliquer ce qu'il vivait depuis toutes ces années ; mais ce mot-là, comme les autres, restait enfermé à l'intérieur du bocal. Il ne pouvait que regarder à travers la baie vitrée, regarder les autres vivre alors que lui était mort, asphyxié, mort sans rémission.

Et puis, ce crétin de Nicolas... Ah, il n'avait pas de problème de bocal, lui, c'était sûr, ou plutôt si, c'était sa pensée qui était coincée dans un bocal mais il ne s'en rendait même pas compte, tant mieux pour lui. Il pensait que tout ce qu'il voyait c'était *le* monde puisqu'il n'y en a pas d'autre, aucun mystère, objectif et simple comme bonjour, tout est limpide et transparent, dans le bocal des gens comme Nicolas... Franchement qu'est-ce qui valait mieux, leur joli bocal mental ou bien le sien, il ne savait pas, mais eux au moins ils pouvaient vivre, et ce simplet de Nicolas était vivant, lui, ça oui, on ne pouvait pas le nier, il était vivant ce salaud, et il pouvait toucher sa sœur, il pouvait l'embrasser, il pouvait sentir et avaler le monde sans se poser de questions.

Sylvain sentait monter dans sa gorge une bile amère, oui, Nicolas était *vivant,* et c'était une jalousie sourde qui lui dévorait les entrailles, en réalité il aurait tout donné, oui, tout, pour sortir de son bocal, il l'aurait échangé contre n'importe quoi, même contre la forme d'existence grossière et simple de Nicolas... Il aurait tout donné pour le pulvériser et vivre encore. Après quinze ans il ne l'avait toujours pas acceptée, la mort, et ce constat le plongeait dans l'affliction. Il y avait encore du boulot, ouais, un sacré boulot pour faire de Sylvain Bragonard un mort serein et présentable, quinze ans qu'il planchait sur le truc mais il manquait toujours des détails, encore un peu de maquillage, là, encore un peu, c'est pas encore tout à fait ça, non, il ressemblait encore trop à une charogne qui se débat avec elle-même et qui hurle Pas moi ! Pas moi ! Fallait apaiser un peu tout ça, lui redonner de la vie à ce foutu cadavre pour mieux le faire entrer dans la mort...

Il reprit la bouteille d'une main hésitante, ses pensées se brouillaient, il remuait ses souvenirs par paquets, le sourire de sa sœur et l'odeur des camélias d'Éliane, le pain grillé des dimanches matin, son père dans les effluves de cave humide qui lui montrait fièrement ses vins, il voyait Aude et Durian sauter par-dessus une grenouille sans pattes et dans ses tympans les échos lointains du rire de Nicolas au-delà de la baie vitrée couverte de buée,

c'est le vinaigre, oui,

l'évaporation du vinaigre,

du vinaigre...

Et la torpeur l'envahit peu à peu et il finit par s'écrouler, étalé tout habillé sur son lit, dans des vapeurs acides et des remugles de pneus brûlés.

10

« Eh merde, putain… »

Une barrière jaune vif bloquait la route. Entre le marché hebdomadaire et les travaux engagés par la mairie, c'était tout le centre-ville qui était désormais inaccessible à la circulation automobile.

Sylvain poussa un nouveau juron, et la camionnette, avec un sursaut courroucé, s'élança dans un demi-tour en marche arrière qui causa à Alice et à une poignée de piétons quelques frayeurs. Le fourgon pila, repartit dans une embardée et alla finalement se planter dans le dénommé « parking du centre » quelques mètres plus loin.

« Bon, grommela Sylvain, on va y aller à pied. Pas le choix. »

Évidemment, fallait que ça arrive aujourd'hui. Évidemment. Comme s'il n'avait pas déjà suffisamment d'emmerdes, avec sa barre dans le crâne et ce ragoût d'acide qui mijotait gaiement dans son estomac. Putain de vie.

Alice le regarda. Il n'avait vraiment pas l'air dans son assiette, aujourd'hui, l'embaumeur. Une expression de plaisir – ou, du moins, ce qui chez Sylvain Bragonard pouvait le plus s'en approcher – n'en était pas moins passée furtivement sur son visage en la voyant, ce matin ; mais sur le plan physique, de toute évidence, c'était pas la grande forme. Son teint était pâle, ses traits tirés, il lâchait régulièrement le volant pour se cramponner l'abdomen en grimaçant, et des cernes de panda décoraient joliment le dessous de ses globes oculaires.

Il enfourna une énième pastille à la menthe – pastilles qu'il avalait encore plus compulsivement qu'à l'ordinaire – et sa bouche, de nouveau, se tordit en une mimique de douleur.

« Mal au ventre ? »

Il marmonna une réponse affirmative.

« C'est peut-être une intoxication alimentaire », suggéra Alice, compatissante.

Ou peut-être parce qu'ingurgiter deux litres et demi de vinaigre à jeun en une soirée, c'est généralement pas un truc très apprécié des sucs gastriques, songea Sylvain, qui s'abstint sagement de le formuler à haute voix – elle le prenait déjà pour un fou, inutile d'en rajouter.

« J'ai du spasfon, si vous voulez.

— Ça ira, merci. »

Il ouvrit la portière et s'extirpa du fourgon.

C'était pas seulement du spasfon qu'il lui fallait, c'est un cocktail spasfon-aspirine-lexomil-barbituriques, quinze grammes de chaque, on gobe le tout et hop, enfin à la morgue une bonne fois pour toutes, le Bragonard, ça ferait de mal à personne et certainement pas à l'intéressé.

Ils sortirent les valises du coffre. Alice dut insister pour en porter une :

« C'est lourd, la prévint Sylvain.

— Et alors, c'est pas parce que je suis une donzelle que je suis dépourvue de masse musculaire... »

Il finit par hausser les épaules :

« Ok, comme vous voudrez, mes respects à votre masse musculaire. »

Ils trimballèrent le matériel jusqu'à la sortie du parking. La petite ville, ce jour-là, bourdonnait d'une effervescence toute printanière ; c'était le premier lundi du mois d'avril, et la première journée où le soleil et la douceur se réunissaient après les mois d'hiver moroses.

Alice inspira avec bonheur. On sentait, d'ici, les effluves et l'écho animé du marché, qui commençait juste au coin de la rue. Elle souleva de nouveau la mallette et s'avança.

« Pas par là. »

La voix sèche de Bragonard avait claqué dans l'air.

Alice se retourna, surprise. Elle savait très bien où se situaient les pompes funèbres de cette municipalité, s'y étant déjà rendue plusieurs fois avec les autres thanatopracteurs qu'elle avait accompagnés, et savait très bien qu'elle s'avançait dans la bonne direction.

« Comment ça, pas par là... ? C'est au bout de la rue, y'a juste à traverser le march...

— Pas par là, je vous dis. »

Le ton était sans appel.

Alice n'insista pas. Le visage de Sylvain s'était refermé comme une huître ; il partit au pas de charge dans la direction opposée, et elle se contenta de s'élancer sur ses talons, un peu décontenancée.

Ils contournèrent tout le pâté de maisons, vingt minutes de marche avant d'arriver enfin devant l'entrée du funérarium, légèrement essoufflés et les bras douloureux – certainement moins douloureux, toutefois, que le ventre de Bragonard, lequel Bragonard grimaçait avec une vigueur renouvelée.

Alice n'avait toujours pas bien compris le but de la manœuvre.

« Vous avez des ennemis sur le marché, ou quoi ? » tenta-t-elle sur le ton de la blague.

Il ne répondit pas, la face plus renfrognée que jamais. Et ne sembla se détendre que lorsqu'ils eurent pénétré dans la petite pièce blanche éclairée au néon, porte refermée derrière eux.

Elle renonça à tenter de comprendre. L'esprit de cet homme recelait des méandres dont l'exploration nécessitait manifestement un certificat de scaphandrier, et elle ne se sentait pas, pour l'instant, suffisamment équipée pour y plonger en apnée.

Le premier mort de la journée était une vieille dame corpulente en chemise de nuit fleurie, un corps boursouflé sous un crâne à moitié chauve, parsemé de quelques minces poignées de cheveux maladroitement teints au henné : Giselle. Sylvain la manipula avec sa tendresse coutumière. Il sentit ses membres se décontracter, l'angoisse du marché s'éloigner, au fur et à mesure qu'il s'absorbait dans les soins mortuaires. Comme à chaque fois, il semblait s'oublier – un oubli salutaire. Il n'y avait plus que Giselle, le parfum de Giselle, la singularité de Giselle, cette personne qu'on lui avait confiée et qu'il entendait restituer à elle-même.

Seul son estomac continuait de produire, par sursauts, des contractions dignes d'un utérus en phase d'accouchement, mais il avait l'habitude, ce n'était pas la première fois que son tube digestif faisait des siennes, la chose survenait assez régulièrement. Ledit tube protestait contre des années d'alimentation hasardeuse, c'était légitime, Sylvain ne pouvait véritablement lui en vouloir. Même si, au-delà du désagrément de la douleur, il en était toujours un peu déstabilisé : ça lui rappelait qu'il avait un corps, et il ne savait jamais vraiment où caser ce constat dans son espace mental.

Alice, comme d'habitude, l'observait. De son regard droit et franc, qui vous fixe sans vergogne, ce genre de regard qui met légèrement mal à l'aise. On se sentait un peu à poil, et Sylvain tout à coup se sentit réellement nu sous sa blouse, il s'interrompit, s'arracha de Giselle, soudain gauche et gêné, irrité, mais elle pouvait pas arrêter de le regarder comme ça, bon sang, un mois que ça dure, c'est pas possible…

Leurs regards se croisèrent, elle lui sourit, l'estomac de Sylvain (ce traître) effectua un nouveau looping brûlant. Il la fixa à son tour. Une fille assez quelconque, pas grande, des cheveux châtains un peu ternes, l'œil brun et vif, une figure carrée, ouverte, très animée comme le sont parfois les visages qui ne peuvent compter sur leurs seuls atouts plastiques. Ce n'était pas un visage qu'on pouvait figer en photo, non, ça ne donnerait rien du tout, c'était plutôt mobile et volatil comme une particule odorante, quelque chose qu'on ne peut pas saisir et qui vous pénètre malgré vous.

« ...'Voulez que je vous présente Giselle ?... » finit-il par marmonner.

Le sourire lumineux d'Alice lui répondit que oui, bien sûr, elle voulait qu'il lui présente Giselle. Alors il fit les présentations.

Giselle, parfum chaleureux et végétal, la lourde et capiteuse puissance du patchouli sur ces bras massifs, plutôt flasques, bardés d'hématomes, des bras faits pour serrer – éventuellement pour étouffer – et pour s'agiter avec expressivité... Une *drama queen* à l'orientale, le patchouli, fragrance liquoreuse, séductrice et entière, qu'on aime ou qu'on déteste, une note de fond, facilement entêtante, avec tendance notoire à s'incruster. Et puis aussi, en humant bien, quelque chose d'autre... quelque chose de plus tendre et léger, une note de tête, aérienne, fragile : le lilas.

Et ce n'était pas un mélange parfaitement harmonieux, non, le lilas et le patchouli, l'accord était risqué et parfois dissonant, comme une guerre que l'un et l'autre se menaient au cœur de Giselle. Souvent à l'avantage du patchouli, qui écrasait tout, mais le lilas résistait, il surgissait brièvement puis se faisait de nouveau engloutir, et l'ensemble formait malgré tout un semblant de cohérence, une odeur poudrée, vibrante, très affective, nimbée de naïve coquetterie.

Et Alice en écoutant le scrutait avec encore plus d'intensité : incroyable, cette lueur qui s'allumait dans son œil quand il décrivait l'odeur de Giselle, ça le transfigurait presque – comme un éclair de vie qui soudain animait son corps, ses yeux et sa voix, un vent chaud dans le funérarium sous lequel fondait goutte à goutte sa carapace glacée.

Giselle, enfin, fut prête. Ils lui firent leurs adieux, retransportèrent les valises jusqu'au fourgon, et c'était reparti pour un tour, une nouvelle journée à passer de chambre funéraire en chambre mortuaire dans la camionnette plus toute jeune qui sentait l'eau de Cologne. Alice mit la musique à fond et sa tête dodelinait en rythme – aujourd'hui c'était Aznavour et elle fredonnait en sa compagnie, *si le ciel veut que je revieeeenne-euh, si Dieu m'offre de retourner, du bout du mooonde et de mes pei-eines-euh, je reviendraiiiii de loiiiin*, sous le regard amusé et vaguement exaspéré du conducteur.

Il y eut, ce jour-là, quatre autres morts, quatre nouveaux parfums pour Alice et Sylvain. Bernard et son arôme iodé, vivifiant et brut comme une brise marine, des notes minérales, de la roche humide, une touche de varech et du sable chaud ; des mains épaisses, tannées, la peau rougie et desséchée, les cheveux drus d'une blancheur de neige, le corps robuste ; le parfum de la mer qui s'écrase sans aménité, mais avec jouissance, sur une côte escarpée qu'elle arrose de ses embruns. Et puis Odile, avec sa fragrance de prune cuite et d'aubépine, suave et fruitée, facilement gourmande – d'une gourmandise simple et sans fard –, une compote vanillée dans toute sa saveur conviviale. Et puis Edith, du chèvrefeuille en infusion, gaie et sautillante, un vrai parfum de verdure à la fraîcheur juvénile. Et Dominique, le bois fumé, Dominique, des bûches sèches qui crépitent, la chaleur bourrue et impétueuse d'une cheminée alliée à la douceur de la cannelle.

Et la voix de l'embaumeur, entre les quatre murs blancs, qui leur redonnait vie en leur donnant une odeur.

Alice le suivait, écoutait, regardait, le voyait s'animer, s'attendrir et s'enthousiasmer, ce Bragonard habituellement si lugubre ; il semblait presque en oublier ses maux de ventre et, à la fin de la journée, son visage avait distinctement repris des couleurs. Il paraissait ragaillardi.

Le jour commençait déjà à tomber lorsqu'ils sortirent du funérarium. Une belle soirée de printemps, l'air était léger et doux, parfumé comme un bouquet. Alice le respira avec délice, se tourna vers Sylvain, radieuse :

« Ça sent le printemps, hein ? »

Lui sentait autre chose. Il fronça les sourcils, se concentra. Oui, c'était ça... une fragrance délicate et poivrée. Comme un infime soupçon de muscade... Il se figea, troublé.

Alice lui jeta un regard inquiet. Il avait brusquement pâli et s'était pétrifié au milieu du trottoir.

« Qu'est-ce qu'il y a ? Tout va bien ? »

Il leva péniblement vers elle un œil absent, opaque – le retour du vortex. Marmonna oui oui, puis, d'un ton bourru :

« Bonne soirée. »

Et la planta là.

11

La bouilloire siffla. Alice se leva, se servit un énième thé et retourna se plonger dans ses notes. Les carnets étaient étalés en vrac sur le bureau, remplis de son écriture brouillonne et serrée – un foutoir tous azimuts, mais ça ne la perturbait pas trop, elle était à l'aise dans le chaos, ça la stimulait même plutôt. Chercher un ordre dans le désordre et chercher le désordre dans l'ordre, quoi de plus ludique ? Une chasse au trésor à la taille de l'humanité.

Elle but une gorgée de thé, se brûla la langue au passage, et en renversa quelques gouttes sur ses carnets. Merde, merde… Elle épongea vaguement avec du sopalin, parcourant du regard lesdits carnets.

Il y en avait une dizaine, de ces petits blocs de papier fragiles et bon marché, mal reliés : deux à trois en moyenne par thanatopracteur. Deux à trois carnets pour un à deux mois d'immersion, telle était généralement sa norme. Plusieurs semaines d'accompagnement quotidien, une relation qui se noue et qui n'entre véritablement dans aucune case, dépassant presque systématiquement le strict cadre professionnel – arrivait toujours un moment où ils finissaient par raconter leurs vies – sans pour autant atteindre l'amitié à proprement parler... Simple relation de confiance et de confidence, qui se créait spontanément à coups de curiosité bienveillante et de fréquentation quotidienne, et se délaçait sans regret lorsqu'Alice achevait son enquête. Une relation en CDD programmée, ce qui n'entachait en rien sa sincérité. Et Alice tendait à penser que la raison pour laquelle ces thanatopracteurs se livraient à elle avec si peu de réserve tenait peut-être justement, du moins en grande partie, au caractère ouvertement temporaire de cette relation inclassable.

Elle, en tout cas, évoluait dans ces étranges rapports humains avec le plus parfait naturel. Nouer et dénouer des liens lui était également facile ; elle s'attachait aux gens aussi rapidement et légèrement qu'elle s'en détachait. Ce n'était pas, pourtant, qu'elle n'accordait à ces gens qu'une attention volatile et superficielle, vite oubliée et balayée, au contraire : ceux-ci imprimaient en elle une empreinte profonde malgré la fugacité de leurs rapports. Ces gens qui ne faisaient que traverser sa vie s'incrustaient dans sa mémoire en CDI. Elle ne les laissait toutefois s'incruster que dans son passé, jamais vraiment dans son présent, et encore moins dans son futur. Il en était ainsi des gens comme du reste : Alice ne s'arrimait réellement nulle part. Elle se laissait transporter par le flot de l'existence, avec pour boussole dans le torrent sa seule curiosité. Elle aimait aller au fond des choses, et les lâcher pour d'autres cieux dès qu'elle avait la sensation d'avoir effleuré leur mystérieuse essence.

La thèse, ça allait dans le même sens. Elle s'était rendue là où le courant et sa curiosité l'avaient menée ; les études, c'était la voie de la facilité, son environnement naturel. Étudier, chercher, farfouiller, elle adorait ça, et ne ressentait absolument aucune hâte à entrer de façon pérenne dans le monde professionnel. Alors ça lui convenait très bien, ce statut un peu bâtard de doctorante – plus totalement étudiante ni encore pleinement adulte, un confortable entre-deux. L'entre-deux : son monde et sa patrie.

Ceci dit, s'engager sur plusieurs années de doctorat, c'était à ce jour le plus long projet qu'elle eût jamais formé. Et elle doutait parfois, elle dont la vie consistait à butiner, de sa capacité à rester ainsi concentrée sur un unique sujet durant une période aussi étendue. Mais elle sentait malgré tout, sans trop pouvoir se l'expliquer, que sur ce sujet-là, il y avait matière à creuser : encore un petit bout de chemin avant d'en avoir effleuré le fond. Ce serait simplement un voyage un peu plus long que les autres.

De la même façon, elle sentait en Sylvain Bragonard un large potentiel de trucs à excaver. En deux mois et demi, une fois n'est pas coutume, elle n'avait pas encore terminé de creuser ; ça n'allait peut-être pas tarder, mais en attendant elle poursuivait inopinément cette croisière au carrefour de plusieurs univers.

Car c'était ça, essentiellement, qui la retenait en Bragonardie : cette incursion l'ouvrait de manière impromptue à un deuxième nouveau monde, en plus des lointaines contrées de la thanatopraxie, un monde foisonnant et impalpable sur lequel jusqu'à présent elle ne s'était jamais trop penchée : le monde des odeurs. Ici un fragment de citronnelle, un effluve de camomille, de la cardamome, une pincée de badiane. Là du muguet, de la coriandre ou du bois de rose, des notes de sauge ou de lavande, acajou et églantine, ou encore cuir de chèvre et pain grillé, plastique neuf et mousse de chêne, parfois framboise et terreau frais. Une grande partie de ces odeurs relevait pour Alice du domaine de l'abstraction – franchement, l'*amyris* ? et le *cypriol* ?... est-ce que ça existait vraiment ?... plutôt des personnages de science-fiction, ouais – mais, curieusement, par les mots de Sylvain elle en venait à les imaginer avec une certaine précision, ces mystérieuses fragrances aux noms farfelus.

Et surtout, c'était une expérience étrange, presque surréelle, que l'irruption de cette myriade de senteurs entre les murs froids, blancs et parfaitement hygiéniques de la chambre funéraire – univers morne et prosaïque où reposaient un tas de chairs mortes, des chairs roidies et glacées, souvent peu ragoûtantes, une jambe nécrosée, un visage tuméfié, des corps brûlés au quatrième degré, masses rougies et difformes qui n'avaient plus rien d'humain, des yeux vides dans leurs orbites, ongles jaunis, carcasses grignotées par la maladie, relents de flatulences et de putréfaction…

Oui, c'est dans cet univers des plus triviaux, l'univers de la mort, que surgissait soudain tout un monde de parfums, sensuel et vibrant, créé par une voix dont les accents s'adoucissaient au contact de ces particules olfactives jaillies du néant. À leur contact la voix bourrue et sèche de l'embaumeur devenait enveloppante comme celle d'un conteur et Alice se laissait bercer, transporter par ce son grâce auquel, sous leurs yeux, les chairs figées reprenaient couleur et vie.

Songeant qu'avec deux nouveaux mondes pour le prix d'un, savamment entremêlés, aucun doute, c'était le jackpot qu'elle avait touché.

Elle but une nouvelle gorgée de thé, grimaça, maintenant c'était trop infusé. Elle posa la tasse, reporta son attention sur ses notes, et repartit de plus belle à la chasse au trésor.

12

Encore Cloclo. Bon sang de merde. Il avait envie de l'étriper, ce mec, avec sa voix aigrelette et ses foutus refrains qui s'incrustent dans votre boîte crânienne comme les odeurs de graillon au fond du four. Manque de pot, Alice aimait ça, et maintenant elle entonnait avec force enthousiasme en remuant la tête en rythme de droite à gauche, *Viens/à la maison/y'a le printemps/qui chaaante-euh...*

Chaque jour c'était un nouveau concert à l'intérieur de la camionnette. Alice s'était autoproclamée DJ officielle du véhicule de Sylvain Bragonard et naviguait sans vergogne de Brassens à Madonna, en passant par Mozart et Aretha Franklin – de temps à autre ils avaient aussi droit à des trucs plus exotiques, des chants vénézuéliens traditionnels du début du XXe siècle, un machin obscur en néerlandais qui parlait de troubadours (« Lenny Kuhr, Eurovision 1969 ! »), une chorale *a capella* en finnois ou du rock alternatif libanais, qu'est-ce qu'il fallait pas aller chercher... Parfois elle lançait ABBA et chantait à tue-tête en tendant les bras vers le pare-brise, *Dancing kouiiiiiine, youuu are the dancing kouiiiiiine,* avant d'éclater de son rire frais comme un baume : putain, qu'est-ce que c'est kitsch, quand même ! Dans le genre kitsch Claude François c'était pas mal non plus, et ça la faisait mourir de rire, ce fourgon de thanatopracteur hurlant du Cloclo par les fenêtres grandes ouvertes, elle se tournait vers lui avec un sourire de gamine casse-couilles : imaginez qu'on débarque à un enterrement en beuglant *Leees sirèèèèènes du pooort d'Aleeeeeexandriiiiiie* à pleins poumons en costume pattes d'eph' à paillettes...

« Bon, c'est pas bientôt fini, là, le blondinet à strass... ? »

Elle le gratifia d'un sourire frétillant, qui n'était pas dénué d'une pointe de sadisme :

« Ouais je vois, ça vous plaît pas des masses, Cloclo...

— Pas trop mon genre, nan », grommela-t-il en gobant un bonbon à la menthe.

Alice n'avait pas de peine à le croire. Soit. Mais c'était quoi, alors, son genre ? Le mystère restait entier.

Elle farfouilla dans son téléphone, dénicha Leonard Cohen, appuya sur play. Claude François se tut dans un glop, laissant place au timbre grave, rocailleux du Seigneur Leonard. Alice ferma les yeux et s'appuya contre le dossier du siège. *Hallelujah, Hallelujah, Hallelujah,* le chœur enflait, il remplissait sa poitrine, *Hallelujah*...

Elle rouvrit les paupières, se tourna vers Sylvain :

« Vous voyez quoi, vous, là-dedans ? Moi j'y vois un truc genre sensuellement mystique... un hymne au sexe et à la musique, parce que c'est deux choses qui font le lien entre le charnel et le spirituel, vous voyez ? C'est imbriqué... le mystique on peut pas y arriver sans nos sens, et nos sens sont rien si on n'y met pas une part de spirituel... enfin, moi je le comprends comme ça, en tout cas. Vous en pensez quoi ? »

Elle doutait qu'il en pense quoi que ce soit et plus encore qu'il lui en fasse part, mais elle avait l'habitude, c'était comme parler à un mur qui vous renvoyait la balle et vous permettait de continuer à smasher. Et elle reprit l'échange avec elle-même, dans un élan d'inspiration :

« En fait, le sexe, c'est rien d'autre que de la musique. C'est deux corps différents qui s'unissent et jouent ensemble pour créer un truc, et ça fait une explosion de sens qui vous transporte tout entier, l'orgasme quoi, bam ! Apothéose orchestrale... »

Il souriait en coin, et d'une voix moins rude qu'à l'ordinaire, une voix doucement narquoise qui tendait presque vers la tendresse :

« Vous vivez vraiment en musique, vous.

— Parce que la musique, c'est la vie » rétorqua spontanément Alice, avant de lâcher :

« Vous, par contre, z'avez pas trop l'air de vivre en musique. »

C'est que je ne vis plus du tout, ma pauvre Alice, en musique ou en quoi que ce soit d'autre, eut envie de répondre Sylvain, qui se contenta de hausser évasivement les épaules :

« Jamais vraiment pris l'habitude d'en écouter... ni gamin, ni après... Alors bon.

— Moi non plus, en fait, pendant longtemps, j'ai pas eu l'habitude d'en écouter... du tout... »

Elle se tut, hésita, puis précisa dans un rire :

« J'ai grandi seule avec une mère sourde, alors vous pensez, la musique chez moi c'était pas vraiment la spécialité locale ! »

Il parut ciller, tourna vers elle un œil soudain aux aguets, elle sentait dans cet œil des questionnements que sa bouche ne formulerait jamais.

« La musique, je l'ai découverte quand j'étais ado... me suis mise à en écouter compulsivement à partir de cette époque. »

Elle souriait, se rappelant les voisins au bord de la syncope qui, chaque fois qu'ils croisaient Madame Lanier, tentaient désespérément de lui expliquer que sa fille écoutait du hard-rock à en faire péter les murs à toute heure de la nuit et de la sainte journée et qu'ils allaient finir par appeler les flics si ça continuait comme ça.

« Vous savez, poursuivit-elle, plus songeuse, même si j'ai grandi avec elle, c'est toujours quelque chose que j'ai du mal à concevoir... comment on peut vivre dans un monde de silence absolu... comment on peut vivre avec la privation d'un sens ?... J'ai essayé de me l'imaginer, mille fois. » Elle se remit à rire, un rire attendri et un peu nerveux. « Putain, ce que j'ai pu l'assommer de questions... Maman, à ton avis, l'alarme du four, ça ressemble à quoi ? C'est comment dans ta tête ? Ça m'intriguait vraiment, vous savez. »

Sylvain ne disait rien, fidèle à ses habitudes, mais elle pouvait sentir à la texture de son écoute, profonde et dense, qu'il avalait ses paroles.

« Elle, elle avait pas l'air de le vivre mal, en tout cas. Elle est sourde de naissance, et on peut pas regretter profondément quelque chose qu'on n'a jamais connu, si ? Ça doit être différent pour ceux qui ont *perdu* l'ouïe à un moment donné... terrible, ça doit être. Quand on a connu tout ça... la beauté des sons, les voix, la musique... Mais ma mère... elle s'est juste construite différemment, et elle a trouvé des compensations ailleurs, j'imagine. »

Sylvain était pendu à ses lèvres, troublé, bien plus troublé qu'il n'aurait jamais osé l'admettre.

Elle parut soudain pensive, le regard perdu dans le vague. Une ombre passa sur son visage toujours si mobile et expressif, une ombre furtive qu'elle balaya aussitôt d'un grand revers de sourire. Qu'est-ce que ça cachait, cette gaieté permanente, il se le demandait, une fille comme ça, on aurait dit qu'elle surajoutait de la vie partout comme on noie sous le sel et les épices un plat trop fade, Ju' c'était pareil, un concentré de vie en pastilles.

Non, Sylvain, non, putain. Mêle pas Ju' à ça. Surtout pas. Pente glissante.

Elle se redressa dans un sursaut, saisit son portable et convoqua maintenant Patti Smith, *Dancing Barefoot,* et elle dansait avec allégresse dans l'habitacle, se remuait sur son siège, agitait les bras dans tous les sens en mimant la chanson, comme si elle voulait exploser les parois du fourgon, et ses lèvres articulaient en chœur, *some strange music draws me in, makes me come on like some heroine...* Sylvain ne la quittait pas du coin de l'œil. Elle parlait à travers la musique, oui, comme toujours, elle passait son temps à parler, presque malgré elle ; son corps exsudait du désir de communication, sa sueur avait l'odeur des mots, des signes et des sons.

Soudain il se figea.

Une nouvelle voix était sortie des haut-parleurs, une voix féminine, puissante, éraillée, singulièrement vibrante.

Bordel, Ju', pas encore Janis...

Elle le fixait à travers les volutes de tabac, Ju', d'un œil sévère et catégorique, on s'en lasse *jamais* de Janis mon Sylvou, tiens danse avec moi plutôt que d'râler, décoince-toi le scrotum et viens déstructurer ton putain d'corps une bonne fois pour toutes, tu sais faire ça avec les odeurs pourquoi pas avec ta carcasse, regarde-moi Sylvou ! et elle partait dans une danse endiablée, démantibulée, toute son enveloppe corporelle semblait craquer et exploser en une multitude de débris, exploser comme son rire, c'était grotesque et fou, et il se marrait, putain Ju', t'es vraiment allumée, si moi j'suis le Picasso du nez toi t'es le Picasso de la danse, y'a pas photo, elle finissait par s'arrêter en nage et s'écrouler par terre, dans un ultime éclat auréolé de sueur. Comme Janis Joplin, un feu rageur la dévorait de l'intérieur, Ju', elle le disait d'ailleurs elle-même en riant, j'fume comme un pompier pour éteindre l'incendie, y'a un truc qui flambe là-d'dans, même pas b'zoin d'briquet, tu parles d'un confort ! Alors c'était pas surprenant que ça lui parle autant, Janis, pas surprenant du tout, c'était sa propre fureur de vivre mise en musique, cette musique qu'elle ingérait avidement et qui venait l'irriguer tel un flot d'alcool.

« Ah, Janis… une de mes préférées ! »

Elle saisit le regard de Sylvain, trouble, intense – le vortex dans la pupille qui semblait maintenant l'aspirer, elle, Alice.

« Ben qu'est-ce qu'il y a… ? »

Le vortex se résorba et il n'y eut plus, à la place, qu'un voile de tristesse.

« Rien. »

Et ils restèrent silencieux, côte à côte face au pare-brise ; tandis que Janis Joplin, de ses cordes vocales brûlantes et éraflées, continuait de hurler dans le fourgon son spleen céleste.

13

L'une des choses qu'Alice observait le plus attentivement chez les gens, a fortiori chez les gens qui l'intéressaient, c'était les oreilles.

Celles de Sylvain Bragonard s'ourlaient délicatement, suivant une courbe imparfaite – tant mieux, Alice n'aimait pas ces auricules sagement ronds et lisses, presque dénués de lobes, qui paraissent soudés à la peau du visage comme si celle-ci avait aspiré toutes leurs parties charnues. Ceux de Sylvain, au contraire, se montraient discrètement biscornus : comme un cadre baroque autour du grand canyon, un labyrinthe de creux et de bosses qui s'engouffrait ensuite dans les profondeurs mystérieuses de la grotte auditive.

Des oreilles, le regard d'Alice glissa sans hâte sur le reste, sur ce corps dissimulé sous la blouse, et elle se surprit fugacement à se demander ce qu'il y avait sous cette blouse, quel type de peau se planquait sous ces couches de coton.

Sylvain leva un œil du cadavre qu'il était en train de désinfecter, et un sourcil par la même occasion.

« Pourriez arrêter de me regarder comme ça ? C'est gênant, j'ai l'impression d'être une pièce de viande sur l'étal d'un boucher.

— Désolée. »

Elle tenta de reporter son attention sur la dépouille, qui était pourtant de celles qui laissent difficilement indifférent : une toute jeune fille, frêle et translucide, d'un blanc subtilement bleuté, si légère qu'elle semblait prête à s'envoler – un flocon de neige.

« Fleur de cerisier. »

Il enveloppait le corps d'un regard tendre et triste.

« Floraison brève… deux semaines à peine. Juste le temps d'en saisir la fragrance douce-amère avant qu'elle s'évapore dans l'air. Volatile et évanescente. »

Elle s'approcha et ils contemplèrent ensemble, en silence, la fleur de cerisier.

« Rien d'autre ?

— Non… Fragrance soliflore… Pas eu le temps de s'étoffer et de se fixer, ce parfum-là. De la fleur de cerisier pure. »

Il ajouta en marmonnant pour lui-même, dans un froncement de sourcils :

« Trop fragile. Pour l'enfleurage, ça va être tendu. Imprégnation à froid sinon on bousille tout. »

Alice ne commenta pas, « enfleurage » et « soliflore », tiens, encore des termes parfaitement et poétiquement abscons à rajouter à son glossaire sylvanesque.

Très délicatement, il pratiqua une incision sur la peau étique, d'une finesse de papier bible, y introduit la tubulure, mit la pompe en marche. Il n'y avait pas grand-chose à aspirer, songea Alice, y avait-il eu un jour du sang dans ces artères en fil de soie ? Fils de soie destinés à se durcir, se figer en s'emplissant de liquide biocide, sans pour autant se craqueler ni se faner – équilibre subtil ; et les mains de Sylvain parcouraient le corps de neige, massant avec une douceur et une précaution décuplées ses membres grêles, pressant son épiderme comme on cueille une fleur, grave et concentré.

Alice attendit la fin des soins pour ouvrir de nouveau la bouche. Il était perdu dans son univers, absorbé par sa fleur de cerisier. Toute irruption d'un élément étranger aurait été malvenue, et Alice savait qu'à son corps défendant elle en restait un, avec ses questions naïves et ses gros sabots.

« ...Vous vous rappelez de tous ? Tous les corps que vous sentez ? »

Il enlevait sa blouse et ses gants, se retourna vers elle.

« Tous... ? » Il parut réfléchir. « Je crois, oui... »

Il se sonda. Ils étaient là, oui, tous, quelque part dans sa mémoire.

C'était même, à vrai dire, la seule chose dont il se souvenait, les seules particules de couleur dans le magma gris et informe que constituaient les quinze années écoulées depuis le 21 juillet. 7892 parfums uniques, des combinaisons infinies, ils étaient là et le peuplaient, autant de très minces fils qui lentement tissaient la toile de son monde et le raccrochaient boiteusement à la vie.

Il plia avec soin la blouse de coton bleu, acheva de ranger l'ensemble du matériel, puis ajouta, un peu hésitant :

« C'est une rencontre... à chaque fois... vous voyez ? »

Elle voyait. Et sourit.

C'était la fin de journée, une longue journée éprouvante ponctuée par une fleur de cerisier qui, si légère fût-elle, leur pesait à tous les deux sur les épaules.

Alice, brusquement, se tourna vers lui et jeta comme un feu d'artifice :

« Allez, on va prendre un verre ! »

Sylvain fronça les sourcils, qu'est-ce que c'était encore que cette histoire...

« Un verre... ? Où ça ?

— Ben, à la morgue. »

Il la fixa, ne savait pas si c'était du lard ou du cochon. Elle explosa de rire.

« Vous seriez dans votre élément, hein !... Non, mais juste un verre, quoi... dans un bar, quelque part... Vous en avez besoin, ça se sent ! »

La main de l'embaumeur se crispa sur la poignée de sa mallette.

« Ah vraiment... ? Ça se sent ?

— Oh oui ! »

La réponse avait fusé, tellement sincère et candide qu'il en fut désarçonné. Elle lui sourit.

« Z'avez besoin de vous détendre, un peu. »

Il serra la mallette de plus belle, tripota au fond de sa poche les clefs du fourgon qui émirent un concert de cliquetis, et laissa finalement tomber un « bon... » éminemment circonspect.

Le sourire d'Alice se fit rayonnant.

« Génial ! Venez, j'connais un coin ! »

Et il la suivit, avec un enthousiasme inversement proportionnel au sien, bordel Sylvain dans quel merdier tu t'es encore fourré, le jour où t'apprendras à dire non...

14

« Le coin » était un petit bistrot de quartier comme Alice les aimait, pas très loin de chez elle, accueillant une clientèle assez éclectique – vieux pochtrons accoudés au comptoir, bandes de jeunes bruyantes, couples de quarantenaires, et puis eux deux, une fille à l'air juvénile avec des Doc Martens aux pieds et un sac tressé multicolore qui lui pendait sur le flanc, et un type guindé en costume noir qui paraissait aussi à l'aise dans cet environnement qu'un corbeau dans un aquarium. Alice s'y était déjà rendue quelques fois, la nourriture était bonne, les boissons pas trop hors de prix et le patron sympa.

Elle commanda un verre de vin. Sylvain consulta la carte, une cascade d'angoisse déferla sur lui. Bon, pas un Perrier cette fois, il subodorait que dans ce genre d'endroit et à cette heure-là il était plutôt supposé consommer de l'alcool ; ses yeux parcoururent anxieusement le papier cartonné, de la bière, oui, c'est encore ce qu'il y avait de moins pire, il n'avait jamais vraiment adoré ça de toute façon, va pour celle-ci, là, la moins chère, la Kronenbourg à quatre euros.

Alice l'observait, c'était devenu une activité à temps plein. Il était tendu et raide devant sa bière, un peu gauche aussi, l'air de ne pas trop savoir où se foutre – le retour de l'oisillon intimidé. Elle le trouvait vaguement mignon, et puis ça l'amusait beaucoup, de le transbahuter comme ça en dehors du funérarium, il y avait un côté expérimental, on ne savait jamais trop ce qui pouvait en ressortir. En attendant, il lui lançait des coups d'œil abrupts par-dessus sa chope, c'est bon maintenant on *prend un verre* comme vous vouliez, z'êtes contente ?! Très contente, mon cher, oui, très.

Sylvain tapota nerveusement des doigts sur son genou, tripota son verre de bière. Perplexe. Il sentait bien qu'il n'avait pas réellement sa place ici – pas vraiment un lieu pour les macchabées comme lui. « Boire un verre dans un bistrot » : non, il n'avait pas fait ça depuis…

Il avala une large lampée de bière en essayant de ne pas penser. Ne pas penser. C'était avant. Plus rien n'avait à voir avec avant. À présent il y avait le bocal, ce bocal qui le rendait étranger à tout, il y avait ces putains de pneus brûlés… et il y avait Alice. Alice dont les yeux s'étaient enfin détachés de lui pour aller chercher d'autres victimes ; elle scrutait autour d'elle, tranquillement, promena à travers la pièce son regard de caméra portative avant de le poser sur leurs voisins de table, qu'elle fixa avec fascination pendant dix bonnes minutes – jusqu'à ce que le bonhomme finisse par jeter dans sa direction une œillade courroucée. Elle lui décocha en retour un sourire affable et déplaça sans hâte la caméra vers les serveurs qui s'agitaient derrière le bar. Elle semblait heureuse et détendue, c'était son univers, un endroit vivant, rempli de gens et de trucs à observer – et il se demanda une nouvelle fois ce qu'elle foutait avec lui, Sylvain Bragonard, cadavre parmi les cadavres.

Alice tourna la tête, surprit la pupille de Sylvain braquée sur elle, lui sourit (décidément c'était presque un automatisme, songea-t-il, ces sourires qui bondissaient en permanence sur son visage, comme des filets de sécurité pour empêcher ses traits de s'affaisser) :

« Vous pensez à quoi en me regardant comme ça ?

— Je pense que j'ai toujours pas compris votre intérêt pour la thanatopraxie…

— Bah moi non plus, figurez-vous ! »

Tout le monde la lui posait, cette question. Mais euh, *pourquoi* ? Pourquoi s'intéresser à un truc aussi glauque, au point d'y consacrer plusieurs années et des centaines de pages laborieusement rédigées ? Question à laquelle elle avait toujours du mal à répondre.

« J'imagine que ça me fait voyager… »

Elle précisa devant l'air interrogateur de Sylvain :

« Le meilleur dans un voyage, c'est l'inconnu, non ? Et qu'est-ce qu'il y a de plus inconnu que la mort ? Disons que ça me donne l'impression d'y toucher un tout petit peu, à ce monde étranger. Et puis surtout... »

Elle se tut un bref instant, pensive.

« Vous, les thanatopracteurs... vous êtes un peu des médiateurs, pas vrai ? Vous faites le lien entre ces deux mondes... celui des morts et celui des vivants... comme si... comme si les corps, vous les *traduisiez* en langage vivant, ou un truc comme ça ? Je sais pas si vous voyez ce que je veux dire... »

Il se gratta le menton, songeur et un peu dubitatif. Pourquoi pas. Il ne l'avait jamais vraiment envisagé sous cet angle.

« D'ailleurs, poursuivit-elle, pour vous aussi... c'est une histoire de rencontre, non ? C'est ce que vous disiez tout à l'heure. Un vivant qui rencontre des morts. La jonction entre les mondes.

— Mais je suis pas vivant, moi... »

C'était sorti tout seul, et il s'en voulut aussitôt.

« Qu'est-ce que vous racontez ? Bien sûr que si, vous êtes vivant. »

Il n'osa pas la contredire, ferme ta gueule Sylvain, ne l'ouvre que pour boire ta foutue bière sans goût, ça sera mieux...

Elle s'étira, s'exclama soudain avec sa spontanéité habituelle :

« Bon, en attendant moi j'ai les crocs, je vais prendre un truc à manger ! Et vous ? »

Il retourna à son marmonnement, non non, moi ça va. Elle se fit la réflexion qu'elle ne l'avait de toute façon jamais vu manger quoi que ce soit – se demanda d'ailleurs à quoi pouvait bien ressembler son régime alimentaire : du ragoût de formol ? – enfin, sauf ses inséparables bonbons mentholés évidemment, d'ailleurs il venait encore d'en gober un, c'était sa quatrième boîte de la journée.

« Dites-moi, juste par curiosité, vous dépensez combien de votre revenu mensuel en pastilles à la menthe ?

— Ce qu'il faut pour solliciter mon système trigéminal.

— Votre *quoi* ?

— Laissez tomber. »

Elle laissa tomber et se plongea dans le menu. Opta pour le steak au poivre, avec un nouveau verre de vin, quoi comme vin, la question la fit méditer intensément, plutôt du rouge avec la viande... Elle ne s'y connaissait pas beaucoup en vins et toute cette liste de noms ça l'intimidait un peu, elle aurait bien aimé pourtant, pas par snobisme (ça pouvait être tellement péteux, le monde du vin), simplement aimé connaître davantage tous ces accords subtils qui font que ça vous explose en bouche – les vins c'est comme les épices, des embaumeurs de plats, Alice adorait les épices, le vin et tous les autres embaumeurs.

Quand le serveur arriva, elle ne s'était toujours pas décidée, et s'en remit humblement à son opinion :

« À votre avis, le... (elle jeta un œil à la carte) pinot noir d'Alsace, c'est bon pour aller avec le steak au poivre ?

— Un peu trop léger et fruité en bouche, avec le steak vaudrait mieux un truc plus corsé qui s'entend bien avec le poivre, le cahors c'est pas mal. »

C'était la voix de Sylvain, sèche et bourrue.

Elle se tourna vers lui avec surprise, le serveur renchérit : « Monsieur a parfaitement raison ! », avec l'air soulagé, il n'en savait visiblement que pouic sur cahors, pinot et compagnie. Alice sourit gaiement, va pour le cahors alors ! et pivota de nouveau vers Sylvain. Un type morose qui descendait une Kro en résumant les vertus comparées du vin de Cahors et du pinot noir d'Alsace pour accompagner un steak au poivre, fallait pas chercher de logique – la simple présence de Sylvain Bragonard en ces lieux, de toute façon, relevait déjà du surréalisme. En attendant, il termina d'une traite la Kro en question et en commanda une autre – plus maussade que jamais.

La soirée s'écoulait, avec autour d'eux l'animation coutumière des samedis. L'alcool commençait à leur monter doucement à la tête, Alice avait englouti son steak au poivre et repris un verre de vin, elle se sentait joyeuse et presque en apesanteur, Sylvain en était à sa troisième pinte et semblait perdu dans des abysses de mélancolie.

Il pensait à la fleur de cerisier, se maudissait encore, il l'avait gâchée, cette fleur de cerisier… Il avait finalement procédé à une extraction par solvant volatil, technique tout de même plus moderne que l'enfleurage, mais qu'il maîtrisait moins bien que d'autres, ça demandait un doigté très précis, l'extraction, et, il en était certain, l'essence finale n'était pas aussi pure qu'elle aurait dû l'être, non, il restait des traces de solvant qui en altéraient la fraîcheur originelle… Subsistait un petit quelque chose de synthétique, d'artificiel, il en avait eu la conviction en la regardant à la fin, sans savoir où ça avait merdé exactement. Et quoi qu'il en soit, c'était trop tard pour tout refaire, mais ça lui restait sur la conscience, cette fleur de cerisier trop défraîchie.

« Qu'est-ce qu'il y a ? Ça va pas ? »

Il pointa sur elle un œil un peu vaseux.

« Pauline… La fleur de cerisier…

— Oui ?

— C'était loupé, hein ?

— Pourquoi vous dites ça ?

— Un truc en trop… le solvant… ça alourdit… Manque de naturel, de… de légèreté… C'était pas… pas assez *pur,* vous voyez ?

— Moi je l'ai trouvée très pure, Sylvain. Très réussie. »

Il secoua la tête avec véhémence, sourcils froncés, et siffla sa bière. Ce n'était pas réussi du tout, non, pas du tout. Ça arrivait parfois, avec certains parfums trop délicats, ils se dérobaient à vous, on n'arrivait pas à les saisir au vol, c'était trop aérien, trop fugace, ça refusait de se laisser figer dans un bout d'éternité. Fallait sans doute juste l'accepter, mais lui n'acceptait pas, non, ne pas pouvoir conserver l'éphémère, c'était tout bonnement insupportable, ça lui collait des ulcères à l'estomac comme cette bière de clodo, et d'ailleurs qu'est-ce qu'il foutait là à boire de la bière dans un bistrot avec cette fille comme s'il était encore en vie, ça n'avait aucun sens, non, aucun sens, il n'avait plus aucun sens, juste le bocal...

Alice flottait. La brasserie se diluait tranquillement dans l'irréel et elle s'y sentait de plus en plus étrangère – à supposer qu'elle s'y soit déjà sentie complètement à l'aise, c'était comme pour le reste, elle se sentait chez elle partout et nulle part à la fois. Où qu'elle aille, où qu'elle se trouve, il y avait toujours cette forme d'étrangeté qui persistait, l'intuition d'un monde qu'elle ne comprenait pas très bien, et dans lequel elle tentait désespérément de mettre du sens. Un monde dont elle n'était qu'une occupante éphémère, curieuse et un peu perdue, une invitée de passage qui s'efforçait, le temps de son séjour, d'apprendre les lois locales et ses codes inconnus. Ça avait toujours été comme ça, oui, d'aussi loin qu'elle se rappelait, dès la première année de maternelle, elle ne parlait quasiment que la langue des signes et les autres la prenaient pour une demeurée – elle ne savait pas, ne comprenait pas, savait juste qu'elle dérangeait, avec sa façon de toucher les autres gosses et de les scruter, ils n'aimaient pas ça, pas du tout, pas plus que les adultes d'ailleurs, et elle avait dû apprendre, lentement, apprendre à communiquer avec cet univers étranger ; elle s'était saoulée de paroles comme on fume le calumet.

Elle regarda Sylvain perdu dans les vapes, lui aussi était étranger à tout, oui, et même encore plus qu'elle. Etranger à la vie comme à la mort, quelque part dans les limbes de l'entre-deux, il était vivant mais ne le savait pas, il fallait qu'elle le lui traduise. C'était son domaine, la traduction, ça ne lui faisait pas peur, mais ça demandait du temps ; pour l'heure ils étaient tous les deux enfermés dans leurs bulles qui s'effleuraient, c'était un bon début, Alice attendait maintenant qu'elles s'enfleurent comme disait Sylvain.

Il était bientôt minuit et ils finirent par quitter le bistrot. Sylvain ne marchait plus très droit et avait oublié sa veste sur le dossier de la chaise ; c'est Alice qui la récupéra. Elle le vit tanguer sur le trottoir et baragouiner des jurons inintelligibles en cherchant désespérément ses clefs de camionnette – la vache, il était bourré. Elle vérifia les poches de la veste, s'époumona :

« C'est moi qui les ai, vos clefs ! »

Il tourna vers elle un œil vitreux, elle reprit :

« Euh, nan mais en fait, vous comptez quand même pas rentrer chez vous en bagnole, là ? »

Il la fixa sans un mot, bourré mais toujours aussi loquace, ça, ça ne changeait pas, l'information parvint fastidieusement au cerveau et il marmonna enfin d'une voix pâteuse que c'est pas parce qu'il buvait de la bière de clodo qu'il allait dormir dans la rue, putain de merde.

« Non, on va chez moi », décréta fermement Alice qui le prit derechef par le bras et le tira *manu militari*.

Il se laissa traîner à contrecœur et titubant. Bordel ça s'agitait bien là-dedans, impression d'être sur un navire de croisière coincé dans une tempête en plein Atlantique, remarque ça fait un peu voyager, voyager où putain, Sylvain, tu peux même pas quitter ton bocal de mes deux, arrête tes conneries, mis en bière, plutôt, voilà ce que t'es, et tu te crois sur le Queen Mary ? Il s'arrêta, s'appuya lourdement contre le mur, oh là là la houle, elle avait intérêt à être exotique la destination sinon ça valait pas le coup, c'était quoi, un voyage en terres d'Alice ? Il se demandait à quoi ça pouvait ressembler, des contrées épicées sans doute, pleines d'odeurs nouvelles et de saveurs, ouais c'est ça mon pauvre vieux, tu te fourres le doigt dans le pif jusqu'à l'hippocampe, là, t'as quand même pas oublié que les saveurs de la vie, chez toi, ça fait quinze putains d'années qu'elles sont bonnes pour le funérarium ?

Alice l'attendait, un peu inquiète, il était verdâtre, ça allait mal finir.

« Euh... Sylvain, ça va aller... ? »

Elle n'obtint en retour qu'un borborygme à la signification obscure, et resta plantée là le temps qu'il reprenne vaguement ses esprits.

Contre son flanc, dans la poche de la veste repliée sur son bras, elle devinait les formes d'un ensemble d'objets disparates, clefs, boîte de pastilles, téléphone, *téléphone,* une idée traversa son cerveau légèrement embrumé, elle éleva de nouveau la voix :

« Sylvain ? C'est quoi le nom de votre sœur, au fait ? »

Regard bourbeux, hein ? de quoi ? ma sœur ? ma sœur... heureusement il était trop saoul pour réaliser l'incongruité de cette question sortie de nulle part, « Aude... » finit-il par articuler en se redressant tant bien que mal. Alice se le répéta, Aude, Aude, ne pas oublier, et ils repartirent cahin-caha dans la nuit silencieuse, comme deux éclopés en quête de subsistance.

15

La houle... ça bourlinguait dans la cale, en haut, en bas, chute dans le creux de la vague et on remonte, et on redescend, et rebelote. Pétard. Ça finira donc jamais. La cale exhalait des odeurs de bois humide et chaud, avec une pointe d'épices, de la cardamome et de la muscade, putain non, pas encore la muscade... de la vanille aussi, des cargaisons d'épices transbahutées à travers la soute au gré des rouleaux, et lui aussi, un container parmi d'autres attendant d'être livré à bon port... et ça remonte, et ça replonge, et ça remonte...

Replonge...

Re... monte...

Sursaut. Plafond jaune. Qui tangue un peu.

Il se redressa brusquement, oh là là non ça tourne, mal de mer, se rallongea tout en maintenant les yeux ouverts, plafond jaune, qu'est-ce que c'était que ce bordel ?

« Bonjour ! »

La voix avait claironné à quelques mètres de son oreille. Pas du tout inconnue, cette voix.

Sylvain tourna la tête, cligna des yeux. Il se trouvait sous les combles, dans un studio un peu en vrac, aux murs ornés d'affiches de toutes sortes. À l'autre bout de la pièce, une petite cuisine dans laquelle Alice, debout, lui souriait, une tartine à la main, cheveux lâchés sur les épaules et vêtue d'un large T-shirt délavé à l'effigie des Rolling Stones. Une mince fumée flottait dans l'air.

« Désolée pour l'odeur, dit-elle contrite, j'ai fait cramer du pain... »

Il ne répondit pas, se releva péniblement, punaise ce mal de crâne... l'estomac n'en parlons pas, c'était le cyclone tropical là-dedans.

« ...L'est quelle heure ? parvint-il à articuler, non sans difficulté.

— Huit heures. »

Alice affichait une mine amusée. Il n'avait pas l'air très frais, l'embaumeur. Un peu ahuri, se demandant manifestement ce qu'il fichait là.

« Vous vous souvenez un peu d'hier soir, quand même ? Vous étiez bien bourré... »

Hier soir ? Hier soir... Il tenta de reprendre ses esprits. Il s'en rappelait, oui, effectivement. Enfin, jusqu'à un certain point. Le reste se perdait dans les limbes, les limbes du semblant de vie qu'il menait depuis quinze ans : un trou noir uniquement peuplé de cadavres. Quinze ans d'amnésie, pas besoin d'alcool pour ça.

« Mais vous en faites pas, je vous ai pas violé dans votre sommeil, hein ! »

Sylvain émit pour toute réponse un grognement non identifiable. Dans la soute du navire, les choses reprenaient lentement leur place, les odeurs avaient disparu et des éléments de compréhension épars s'agrégeaient dans le cerveau de l'embaumeur : bière, Alice, soirée, appartement d'Alice, et voilà qu'il se retrouvait maintenant assis sur un matelas gonflable dans ce lieu étranger, avec cette fille qu'il connaissait depuis à peine plus de trois mois, une batterie de hard-rock déchaînée dans le crâne, un typhon dans le ventre et sur le dos ses vieilles fringues fripées de la veille, trempées de sueur.

Il s'immobilisa, dans un état proche de la panique.

« ...Ma veste ? Vous l'avez mise où ? »

Elle désigna du bras le dossier d'une chaise.

« Juste là. »

Il bondit sur ses talons, vacilla un peu, retrouva son équilibre et sa veste (pour la dignité, on attendrait) :

« Je peux, hum, utiliser votre salle de bains ?

— La porte à gauche. »

Il s'y enferma, fouilla frénétiquement les poches de la veste, une pastille à la menthe, non, deux, plusieurs coups de vaporiseur d'eau de Cologne, encore un peu plus, là, voilà, c'était déjà un tout petit peu mieux, il sentit son corps se décontracter très légèrement, la panique refluer pour laisser place à une honte brûlante, qui lui dégoulina sur les épaules comme une douche d'azote liquide.

Bordel de merde, Sylvain... Tu savais très bien que c'était une idée foireuse, très bien, alors *pourquoi* ? Il ne comprenait pas comment il avait pu se laisser aller à ce point, non, vraiment pas, c'était ridicule, ridicule, et il avait dormi sur un matelas d'appoint avec cette chemise froissée dans laquelle il avait visiblement sué, mais bon Dieu, c'était pas possible, et si jamais elle s'était approchée – elle s'était sûrement approchée...

Il s'arrosa abondamment le visage d'eau froide, coup d'œil dans la glace, constata qu'il avait vraiment une tête de déterré – ce qui, ceci dit, paraissait normal pour un macchabée, pour une fois qu'il avait à 100 % la gueule de l'emploi –, bon, on respire, du calme, Sylvain, bordel, du calme.

Il sortit en tentant de se donner une contenance. Elle lui sourit – un sourire un peu rieur – et il évita son regard avec le plus grand soin.

« Petit-déj ? Vous voulez quoi ? J'ai pain, beurre... confiture... œufs...

— Je vais y aller, merci.

— Vous feriez mieux d'avaler quelque chose. Ça vous ferait du bien, croyez-moi. Z'allez quand même pas reprendre la route sans rien dans le ventre, à part des vagues restes de bière et des bonbons à la menthe ! »

Elle n'avait pas complètement tort, et le cyclone de son estomac s'empressa d'approuver.

Il resta là, hésitant et confus. Alice avait déjà sauté sur ses pieds et ouvert le placard pour y prélever plusieurs boîtes bariolées, qu'elle brandit avec un enthousiasme débordant :

« Plutôt thé ou café ? Niveau thé y'a ce qu'il faut, j'adore le thé. Jasmin, agrumes, vanille, Earl Grey, chaï épicé, vous préférez quoi ?

— Euh, non non, rien…

— Café, alors ? »

Bon sang, ce qu'elle pouvait être soûlante, avec son enthousiasme…

« Merci, juste de l'eau chaude, si c'est possible…

— De l'eau chaude ? Sans rien dedans ? Vous êtes sûr ? »

Il était sûr, elle haussa les épaules, bon, soit, comme il voudra.

Ils s'assirent autour de la table, elle papillonnant gaiement, lui aussi tendu et mal à l'aise qu'au bistrot. Elle lui proposa du pain, de la confiture, il pointa du menton les tranches brûlées qui gisaient encore à côté du grille-pain :

« Donnez-moi celles-ci plutôt, ça vaudra mieux que de les foutre à la poubelle.

— Celles-ci ? Mais euh, elles sont complètement… »

Il esquissa un geste de main irrité et Alice finit par lui apporter les biscottes au charbon, qu'il avala d'un air absent. Elle se garda du moindre commentaire. De l'eau bouillante et du pain carbonisé : après tout pourquoi pas, avec lui on n'en était plus à une bizarrerie près.

Il se leva soudain, regarda l'heure, son portable, merde, trois messages. Il s'excusa, voulut débarrasser la table, Alice l'en dissuada. Il grommela « bon bon », semblait gêné, précisa que cette fois il fallait vraiment qu'il y aille, le boulot. Son regard fuyait, sa main dans la poche tripotait nerveusement la boîte de pastilles, il lâcha à contrecœur :

« Je suis désolé, hein... pour cette nuit...

— Mais ça m'a fait plaisir, Sylvain. »

Elle but une gorgée de thé à la vanille, s'étira.

« Vous m'en voudrez pas, par contre, si je vous accompagne pas ce matin... J'avoue que je suis un peu claquée. Je m'accorde un demi-dimanche de repos ! »

À vrai dire, elle se traînait elle aussi une belle gueule de bois, et n'avait quasiment pas fermé l'œil de la nuit. Le sommeil de Sylvain à côté d'elle avait été une suite de marmonnements inintelligibles, réveils en sursaut et agitation spasmodique, entrecoupés de très brèves périodes de calme relatif ; c'était visiblement la Syrie dans son subconscient, et elle l'avait veillé comme on veille un enfant atteint de somnambulisme aigu.

Il hocha la tête, ses yeux continuaient de prendre la tangente, bougonna un laconique « Reposez-vous bien alors » et tourna les talons. Elle le suivit du regard jusqu'à ce qu'il disparaisse au bout du couloir – demi-fantôme en costume noir légèrement défraîchi, qui, quoiqu'il en pense et quoiqu'il en dise, attendait d'être ramené à la vie.

16

L'interphone indiquait « Rossi-Bragonard ». Elle y enfonça son doigt. Un grésillement retentit, puis une voix claire, la même qu'au téléphone :

« Oui ?

— Bonjour, c'est Alice Lanier…

— Bonjour. Troisième étage ! »

Elle l'aurait reconnue sans la moindre difficulté. L'air de famille était indéniable : le nez aigu et droit, les yeux noisette, les traits finement dessinés. Une très jolie fille, Aude Bragonard, des cheveux blonds et fins qui descendaient en ondulations jusqu'à sa poitrine, une allure d'élégance discrète. Tout était discret, d'ailleurs, chez elle, discret et lisse, un peu acidulé, comme un yaourt velouté. Une incarnation de féminité douce quoique parfois légèrement acérée ; le genre de fille à avoir collectionné les poupées Barbie et suivi avec bonheur des cours de danse classique.

En face, Aude l'examinait également avec curiosité, d'un regard en coin, pas aussi franchement scrutateur que celui d'Alice. Une curiosité plus feutrée, pondérée, comme le reste de sa personne.

« Je vous en prie, asseyez-vous... Vous voulez boire quelque chose ? Thé, café, jus ?

— Si vous avez du thé, je veux bien, merci beaucoup. »

Elle sourit et bifurqua vers la cuisine, laissant à son invitée le loisir d'observer paisiblement l'environnement. Un appartement de jeunes trentenaires aisés, vaste et lumineux, tout en blanc et tons pastel, impeccablement rangé – Alice songea au capharnaüm exigu sous un toit en biais qui lui tenait lieu de niche, et en fut confortée dans son intuition initiale : Aude Bragonard et elle n'appartenaient visiblement pas au même monde – ce qui attisait d'autant plus son intérêt.

Aude rapporta le thé sur un plateau.

« Alors comme ça, vous faites donc une thèse sur mon frère... »

Sa voix était discrètement rieuse. Acidulé, oui, le yaourt.

« C'est ça, sur les thanatopracteurs en fait.

— Dites-moi. Qu'est-ce que je peux faire pour vous aider ? »

Alice déballa son laïus bien rodé :

« Alors, comme je vous l'ai brièvement expliqué au téléphone, je souhaiterais recueillir les perceptions des proches de thanatopracteurs quant à cette profession atypique. J'aurais à ce titre quelques questions, si vous êtes toujours d'accord, bien sûr ? »

Elle sortit le carnet, le dictaphone, s'éclaircit la voix :

« Tout d'abord, d'après vous… c'est quoi, un thanatopracteur ?

— J'avoue que je n'ai jamais très bien su, admit Aude. Disons, quelqu'un qui prépare les corps des morts pour les obsèques… C'est ça ?

— Il vous en parle, de son métier, votre frère ? »

Le sourire d'Aude prit une teinte un peu amère et narquoise, qui dissonait dans ce visage lisse :

« Si j'ai bien compris, vous l'accompagnez aussi dans ses journées de boulot, non ?

— Oui, c'est ça.

— Et il vous parle, à vous ?

— Euh, non… pas trop…

— Bon bah voilà », conclut-elle, la voix coupante.

Elle tapota des doigts sur sa cuisse et s'enfonça dans le fauteuil, l'air pensif.

« Au fait, ça fait combien de temps exactement que vous travaillez avec lui ?

— Environ trois mois.

— Ah oui, quand même… Et vous l'accompagnez à quel rythme, en général ?

— Ben, tous les jours. À peu près. »

Tous les jours depuis trois mois… Aude réalisa que cette fille sortie de nulle part avait davantage côtoyé son frère en trois mois qu'eux, sa famille, en quinze ans.

« Et… il est comment ? »

Elle avait tenté d'adopter un ton léger, la question avait tranché l'air comme une supplication.

« Comment ça, comment ?

— Je veux dire… on n'a pas beaucoup de contact avec lui, vous savez. » Aude sourit, un peu gênée. « Alors, vous qui le voyez tous les jours depuis trois mois… vous devez sûrement en savoir un peu plus. Est-ce qu'il a l'air… *épanoui*… enfin, je veux dire, est-ce qu'il a l'air d'aimer son travail ? Sa vie ? »

Alice tritura son stylo, pensive.

« La vie je sais pas, le travail je pense qu'il l'aime, oui… beaucoup. »

Les délicats traits de la sœur de Sylvain se teintèrent de soulagement.

« Tant mieux. C'est que… vous vouliez connaître nos perceptions sur ce boulot, eh bien pour être honnête, on n'a jamais trop compris, en fait, ce qui l'intéressait là-dedans. Mais si ça lui plaît vraiment et qu'il a l'air heureux, j'ai envie de dire, c'est l'essentiel. »

Elle se rappelait, ça lui était venu comme ça, à Sylvain, la thanatopraxie, d'un coup, sans prévenir. L'annonce de cette nouvelle orientation les avait laissés quelque peu interloqués ; mais après quatre ans à végéter et à se bousiller méthodiquement, c'était déjà pas mal qu'il recommence à s'intéresser à quelque chose, et ils n'avaient rien osé dire.

« D'ailleurs, il avait fait quoi, avant ça ?

— Avant la thanatopraxie ? Rien…

— Il m'a parlé d'études de chimie.

— Ah, il y a eu la chimie, oui. Ça, c'était avant… Il voulait devenir parfumeur. »

Et il l'est devenu, songea Alice – embaumeur, un parfumeur de morts.

Aude caressa pensivement sa tasse de thé.

« Il était vraiment doué, vous savez. C'est pour ça, on n'a pas compris quand il a tout plaqué, tout. Il avait même décroché un stage chez un célèbre créateur de parfums, Jean-Claude Ellena, vous connaissez ? Eh bien, il n'y est jamais allé... pour finalement choisir de passer sa vie à bricoler des cadavres. »

Ses sourcils s'étaient froncés. Bricoler des cadavres, il y avait un truc qui lui échappait profondément là-dedans. Alice se demanda ce qu'elle faisait, elle. Imaginait, un peu caricaturalement, un parcours joliment tracé d'école de commerce, ou peut-être Sciences Po, quelque chose de propre et lisse comme son allure, une vie en CDI, quelque chose qui ne s'accordait pas tout à fait avec le bricolage de cadavres.

« Et vous dites qu'entre les deux, il n'a rien fait ? »

Aude hésita.

« Non, rien du tout... il... enfin, disons que c'était pas la grande forme, à cette époque-là. »

Et ça ne l'était toujours pas, d'ailleurs – à ceci près qu'il avait désormais un mode de vie plus « normal ». Enfin, si on entend par normal « structuré autour d'un emploi rémunéré à temps plein octroyant à l'individu la possibilité de mener une existence matériellement indépendante » – pour le reste, la vie de Sylvain n'avait rien de ce qu'elle, Aude, et certainement la majeure partie du commun des mortels, qualifiait de « normal ».

Alice sentait une brèche, se demanda si elle pouvait s'y engouffrer sans passer pour l'étrangère intrusive. Et puis merde, qui ne tente rien n'a rien, elle saisit la perche :

« Comment ça ? Je veux dire, qu'est-ce qu'il avait ? Si ce n'est pas indiscret... »

Le doigt d'Aude caressa les bords de la tasse, le pli entre ses sourcils s'accentua.

« C'était il y a quinze ans, il y a eu... un accident, et... »

Le claquement de la porte d'entrée la coupa net. Bruits de pas, et un type fit irruption dans le salon. Un beau mec brun, grand, très propre sur lui. Qui pointa sur Alice un œil surpris.

En un instant, le pli entre les sourcils disparut ; Aude, dans un sursaut, s'était recomposée un visage lisse, affable, velouté, qu'elle tourna vers le nouveau venu :

« Je te présente Alice, elle fait une thèse sur les thanatopracteurs. »

Il offrit à ladite thésarde une poignée de main chaleureuse et s'assit tranquillement à ses côtés sur le canapé, non sans lui adresser un sourire aimablement goguenard :

« Ah, vous aussi vous êtes nécrophile ? »

Sa compagne leva les yeux au ciel.

« Sylvain n'est pas nécrophile, Nico...

— Bah voyons. Un type qui passe ses journées à tripoter des cadavres, est-ce que tu vois un autre terme pour qualifier ça ? »

Il se tourna vers Alice.

« Du coup, j'imagine que vous le connaissez, son frère ? Il est complètement siphonné. Le mec le plus asocial de la planète. S'intéresse à vous que si vous sentez déjà le sapin. »

Le fin visage d'Aude s'était froncé, ratatiné dans une expression douloureuse. Il ne se rendait pas compte qu'il la blessait, chaque fois qu'il parlait de Sylvain de cette manière-là... Pourtant elle ne pouvait pas réellement le contredire, c'est vrai qu'il avait un pète au casque, Sylvain, pour l'équilibre psychologique et les compétences sociales on repassera. Ceci étant, il n'avait jamais été complètement, disons, dans la *norme* – c'est un garçon avec une sensibilité particulière, avait coutume d'euphémiser Éliane. Sauf que sa sensibilité, justement, on ne la sentait plus du tout – mais Aude avait l'intuition confuse qu'elle était toujours là, quelque part, ne serait-ce que sous forme spectrale ; et quand Nico s'exprimait ainsi, c'était le fantôme de son frère, de la sensibilité de son frère, qu'il piétinait.

Alice crevait d'envie de reprendre le cours de la conversation interrompue, mais l'arrivée du garçon avait brisé le mince fil de confidence que son tête-à-tête avec Aude était parvenu à créer, et elle sentait bien qu'il serait malvenu, désormais, d'aborder aussi frontalement le sujet.

Alors elle ravala sa frustration, et gratifia le susnommé Nico d'un sourire affable – ce mec lui semblait si parfaitement insignifiant qu'il ne lui était même pas antipathique. Il se trouvait simplement là, entier, sans questions ni scrupules superflus, n'exprimant rien d'autre que le premier degré de ses paroles, l'ensemble de sa personne se résumant à l'enveloppe.

« Justement, je venais vous voir pour récolter un peu vos perceptions sur le métier de thanatopracteur.

— Nos perceptions ? Ben, à mon avis, faut être un peu barge pour faire un boulot pareil. C'est ce que je pense. Mais bon, chacun son truc, hein.

— Et vous, vous faites quoi dans la vie, si je peux me permettre ?

— On est tous les deux cadres marketing. »

Cadre marketing. Ces deux mots évoquaient à Alice la saveur de l'ennui le plus mortifère. Sans doute la raison pour laquelle elle devrait un jour s'y plonger sérieusement – pourquoi pas son prochain sujet d'enquête, tiens. Quoi de plus palpitant que de se confronter à son propre ennui, c'est aussi vertigineux que la mort, et peut-être même davantage.

Aude se tourna à son tour vers Alice :

« Et vous, simple curiosité... Pourquoi vous faites une thèse ? »

Pour me retrouver à pointer au RSA à Bac+35 en arrondissant mes fins de mois grâce à la prostitution et à l'élevage de cafards domestiques, pensa Alice, qui se contenta de répondre :

« Difficile à dire... Je cherche du sens, je crois. »

La voix d'Aude se colora d'un drôle de mélange – une grosse louche de malice, et une généreuse pincée d'amertume :

« Ben, essayez d'en mettre un peu dans Sylvain, alors... »

Je vais essayer, oui, je vais essayer – et un pincement étreignit Alice quelque part dans la zone cardiaque, je vais essayer, s'il le veut bien…

Deux semaines qu'elle n'avait plus aucune nouvelle dudit Sylvain.

17

Sylvain ouvrit le frigo, en sortit la dépouille du jour soigneusement rangée dans sa housse et la transporta jusqu'à la table de préparation. Il sentit, comme toujours, l'excitation monter en lui au son de la fermeture Éclair glissant entre ses doigts gantés ; l'enthousiasme d'une nouvelle découverte, d'un nouveau voyage dans les profondeurs d'une peau humaine, d'une nouvelle rencontre, intime et éphémère, qui viendrait, comme toutes les autres, nourrir son univers.

De Catherine émanait un délicat parfum floral, à dominante d'iris. Son maintien élégant, soigné, empreint de bon goût bourgeois, son corps resté séduisant en dépit de l'âge et de la maladie, son brushing gris à peine défait et sa sobre manucure transparente, tout respirait la fragrance poudrée et le raffinement aristocratique de cette noble plante, avec sa texture veloutée et ses subtiles notes de violette. Il ôta avec précaution la fine chemise de nuit en dentelle de coton blanc, ses mains parcourent la peau sèche constellée de taches brunes, sillonnée de méandres et de veines apparentes. Avant de s'occuper du visage : suture des lèvres, fermeture des yeux, deux yeux marron encadrés de pattes d'oie, des yeux qu'on devinait chaleureux malgré la cornée ternie et figée par la mort. Sous l'odeur d'iris pointait la carotte, plus simple et prosaïque, venant renforcer harmonieusement le potentiel de fraîcheur contenu dans la précieuse fleur. Et puis les mains étonnement robustes, carrées : une touche de céleri, du salé sans chichis derrière la poudre de riz, s'évadant du glamour pour s'ancrer dans la terre, complexifiant discrètement ce parfum ouvertement féminin. Du bout du scalpel il incisa l'épiderme de Catherine, au niveau du thorax, au-dessus de la poitrine encore pleine, voluptueuse. Ce n'était pas un corps sec et frigide, non, on sentait la pulsation de vie – des notes chaudes de paprika, ardentes, spontanées, sensuelles, qui se laissaient furtivement subodorer sous le flot irisé. Car de ce parfum l'iris demeurait malgré tout la note maîtresse, le chef d'orchestre, imprimant dans le sillage de Catherine sa senteur pénétrante, pénétrante comme le regard fuselé de certains autres iris, deux iris bruns qui d'ordinaire accompagnaient tous les gestes de Sylvain, mais aujourd'hui…

Il se figea par-dessus le torse de la vieille femme, tenta d'évacuer cette pensée d'un coup de scalpel. Et de se concentrer à nouveau sur le parfum de Catherine, uniquement Catherine.

Mais il s'était brutalement affadi, ce parfum ; Sylvain n'en retrouvait plus l'intensité des premières inspirations, la vivacité de ses couleurs, la profondeur de son mouvement. Il se crispa, puissamment irrité, se pencha sur le vaisseau dans lequel il introduisit la canule, respira avec une vigueur renouvelée – rien, toujours rien, rien qu'un parfum insipide, décoloré, aux contours émoussés. Pareil qu'hier, pareil qu'avant-hier, le même phénomène qui se reproduisait comme une infernale malédiction, il en aurait hurlé de frustration.

Il ne comprenait pas exactement d'où venait ce blocage, et ça le désespérait et le terrifiait tout à la fois. Il n'avait plus que ça, le parfum des morts, si on le lui retirait, alors il n'y avait plus rien, absolument rien...

Ou plutôt si, en fait, il comprenait confusément : c'était l'absence des deux iris bruns qui lui avaient tenu compagnie pendant trois mois, oui, sans doute, et ce constat rajoutait encore à sa terreur – une absence qui, par un procédé qu'il ne parvenait pas à s'expliquer, brisait l'acheminement des molécules odorantes, court-circuitait la visualisation du parfum, polluait le liquide d'extraction.

Il s'efforça de se calmer, se focalisa sur l'enchaînement des gestes, la mécanique bien huilée de la machine qui lui tenait lieu de corps : déploiement de la pompe centrifuge, préparation de la solution d'embaumement, du glutaraldéhyde, un peu de méthanol, pas trop, juste assez pour stopper l'invasion bactérienne, détruire les micro-organismes nuisibles et ainsi ralentir la thanatomorphose – à doser subtilement, au cas par cas, selon l'état de chaque dépouille. Depuis belle lurette, de toute façon, on ne visait plus la conservation éternelle *stricto sensu* ; on se contentait d'un transitoire prolongé, une illusion d'éternité à hauteur de mémoire humaine. Un parfum volatil qui de la fleur prolonge artificiellement la fragile existence.

Il était habituellement conseillé aux thanatopracteurs de manipuler ces produits toxiques avec un masque de protection, Sylvain n'en portait jamais, cette horreur l'empêchait de respirer, et la chambre funéraire était bien justement le seul espace où il pouvait le faire – alors il n'allait certainement pas se coller sur la gueule un demi-scaphandre sans oxygène, pour se protéger de quoi, je vous le demande, des émanations cancérogènes ? la belle affaire – son cancer à lui était d'un tout autre ordre, et le formol sa chimiothérapie.

Oui, il préférait de loin le contact direct, sans protection, avec les produits comme avec les corps. S'il en avait la possibilité, il ne porterait même pas de gants, mais pour le coup c'était totalement contre la procédure, fallait pas déconner non plus.

Il lui arrivait pourtant, avec les dépouilles en très bon état, de s'autoriser quelques minutes de manipulation à mains nues. Et c'était une vraie libération, le travail était tellement plus fin, quand le toucher ne s'embarrassait d'aucune entrave ; il pouvait d'autant mieux sentir la texture de la peau, percevoir sa densité, imaginer les vibrations qui l'avaient parcourue, suivre sur ce parchemin le tracé des rides et des cicatrices qui racontaient son histoire – et cette histoire la retranscrire en parfum.

Évidemment, il évitait malgré tout de retirer ses gants en présence d'Alice, par précaution, sait-on jamais, c'était quand même pas très protocolaire comme pratique. Enfin, maintenant qu'elle n'était plus là, il pouvait faire ce qu'il voulait, il était libre…

Libre…

Libre de quoi, bon sang, bien sûr que non, il n'était pas libre du tout, au contraire, par son absence Alice l'enchaînait, il en prenait conscience à présent. Dans le silence du funérarium, les parfums désormais s'étiolaient, les odeurs, privées de son, n'étaient plus que l'ombre d'elles-mêmes, tristes et fanées sans ces mots qui leur donnaient vie, ces mots qui sans destinataire n'avaient plus lieu d'être.

Ses gestes se teintèrent de nervosité, la solution ne circulait pas correctement, il ajouta des injections dans les artères axillaire et fémorale. Quelques trous supplémentaires dans la peau de Catherine, voilà qui devrait faciliter le voyage du fluide biocide et le drainage des liquides physiologiques. Puis il recommença à masser avec une attention et une exaspération redoublées.

Tout ça c'était des foutaises, depuis quand ils avaient besoin de son, d'une oreille et de deux iris scrutateurs, ses parfums, n'importe quoi, ça n'avait aucun sens, suffisait de se concentrer davantage sans se laisser perturber, c'était tout, juste une affaire de volonté et de concentration, elle était venue troubler sa relation privilégiée avec les défunts et il fallait le temps de rétablir ce lien, juste le temps de laisser l'onde passer, allez mon vieux, flanque-la dans ta poubelle mentale et reconcentre-toi, reviens à ton essence, y'a que ça de bon, finies les chimères, on ne se nourrit pas d'impossible, retourne à ta mort et à Catherine, Catherine, n'oublie surtout pas Catherine.

Et la solution finit lentement par se diffuser, expulsant du même coup le sang présent dans les vaisseaux de Catherine, dont le parfum enfin lui revint, lentement, touche par touche, au fur et à mesure que son corps reprenait vie.

18

C'est inévitable, Ovide l'affirme, le roi Eson va mourir. Mandatée par son fils Jason, la magicienne Médée accepte de sauver de la mort le vieux souverain : à travers un trou pratiqué dans la gorge du mourant, elle remplace le sang malade par un philtre aromatique à l'odeur capiteuse, redonnant ainsi à Eson la vie qui fuyait de lui. Et bam ! revoilà notre Eson frais comme un gardon.

Alice but une gorgée de thé, consulta machinalement son téléphone. RAS comme d'habitude. Elle retourna à la mythologie grecque, non sans un petit pincement de déception.

Elle continuait d'espérer, malgré tout, un espoir de plus en plus ténu – elle savait qu'il y avait peu de chances qu'il revienne maintenant, après quatre semaines d'un silence radio qui avait tout l'air d'être définitif.

Entre-temps, elle s'était lancée dans des recherches frénétiques sur le parfum ; peut-être une tentative de remplacer la voix de Sylvain, comme une façon de convoquer virtuellement sa présence. Elle en avait déjà rempli la moitié d'un carnet, des pages parcourues de notes excitées, gravitant autour de deux mots-clefs, embaumement et parfum. Deux mots liés dans leur essence : c'est aux rituels d'embaumement que le parfum devait sa maternité. Les hommes avaient commencé par parfumer leurs morts, avant d'embaumer les vivants.

Et Alice s'était repue des descriptions minutieuses d'Hérodote quant aux très sophistiquées techniques d'embaumement des Égyptiens. La première étape consistait à retirer le cerveau par les narines – elle trouvait ça génial, est-ce que ça impliquait qu'on puisse faire *rentrer* un cerveau par les narines aussi ? – puis ils remplaçaient les viscères par un ensemble d'aromates, de la myrrhe, de la cannelle, diverses résines et racines, ils en remplissaient le corps comme on concocte une dinde farcie – intéressant d'ailleurs, songeait-elle, on fourre des dindes pour célébrer une naissance et on fourre des corps au seuil de la mort, y avait-il un rapport ? peut-être était-ce seulement son esprit qui extrapolait, c'est vrai qu'elle aimait un peu trop ça, extrapoler, tisser des liens entre les pôles et s'y promener en funambule – avant de recoudre le tout et d'enduire la peau d'un nouveau cocktail d'aromates, de parfumer et assouplir les chairs par ces délicates huiles odorantes.

Ces découvertes l'avaient fascinée, et à présent elle se plongeait avec délectation dans le récit d'Ovide sur le rajeunissement d'Eson par transfusion aromatique, avec son thé à la cardamome à portée de main et Beirut en fond sonore.

Elle termina sa lecture, ouvrit un nouvel article consacré aux techniques d'excarnation dans l'Europe médiévale, déniché un peu plus tôt, et tripatouilla sa playlist pour bifurquer de Beirut à Rone. Alice écoutait très rarement un album entier, elle préférait en prélever quelques morceaux pour les agrémenter à sa sauce. Elle avait conscience du caractère sacrilège de la chose, mais ce démembrement ne lui semblait pas pour autant un acte de pure barbarie, il répondait à un besoin de cohérence : elle décomposait les albums pour constituer les siens propres, un ensemble chronologique de morceaux disparates liés par un même fil rouge, un fil de l'instant, noué dans l'épaisseur tangible du présent. Et elle médita profondément sur la question tout en étudiant les modalités du *mos Teutonicus*, autre cas de démembrement, les corps des défunts étaient bouillis dans du vin aromatisé d'épices, qui permettait aux os de se détacher des chairs et donc aux dépouilles, ainsi divisées, d'être rapatriées de façon hygiénique sur de longues distances. Alice but une gorgée de thé épicé. Curieux comme pratique, décomposer les corps pour éviter leur décomposition, guérir le mal par le mal, après tout pourquoi pas, dans un sens ça lui parlait – et puis, là encore, cet usage des aromates pour la préservation spirituelle de l'enveloppe corporelle…

Elle se détourna de sa lecture pour jeter un nouveau coup d'œil à son portable. Toujours rien évidemment, fallait vraiment qu'elle arrête, c'était presque devenu un tic, un réflexe dénué de sens. Elle se força à revenir sur le *mos Teutonicus*.

La frustration, pourtant, ne la quittait pas. Alice restait sur sa faim, elle sentait qu'elle n'était pas allée au bout de Sylvain, non, elle n'avait pas eu le temps de toucher son fond, il demeurait des éléments, des régions encore inconnues, c'était un voyage avorté. Elle n'avait pas encore complètement trouvé l'ordre dans son désordre, et ça la chafouinait, beaucoup, tout autant, et c'était d'ailleurs lié, que de ne pas comprendre les raisons de cette brusque disparition. Elle se demandait si c'était sa faute, si elle avait merdé quelque part, pour le faire fuir comme ça... et puis se rabrouait, à quoi bon se prendre la tête, allez on avance, fallait avancer, son *moto* et son *credo* : avancer.

Mais ça faisait presque un mois, et elle n'avançait pas. Sa liste regorgeait d'autres thanatopracteurs qu'elle répugnait à contacter, elle continuait d'attendre, d'attendre la fin du voyage, un voyage inachevé qui déjà commençait à se figer dans le cercueil du souvenir.

19

Le miel dégoulinait de la cuillère, lascivement, en longs filaments dorés qui, au terme de leur chute, effleuraient la surface du yaourt dans une danse fugace, avant de se laisser doucement absorber par le reste de la masse jaune et translucide flottant sur cet océan de blancheur. Le spectacle gagnait en beauté au fur et à mesure que la cuillère se vidait ; les filaments devenaient de plus en plus fins, aériens, traçant sur le tas de miel des signes éphémères et énigmatiques à la manière d'un pinceau manipulé par le vent.

Tous les matins, Sylvain regardait la danse du miel, dans un état de contemplation hypnotique. Il attendait que la cuillère ait livré au yaourt ses ultimes gouttes, que les dernières ondes se soient résorbées, que le miel repose en une étendue parfaitement lisse et homogène, puis, d'un coup bref, violent, brisait le lac jaune, le mélangeait au blanc, déstructurait sauvagement cette belle et calme harmonie, c'était Guernica, il prélevait une cuillerée du massacre pour la porter à sa bouche – et paf ! trou noir. Le silence et la mort.

Il engloutit le yaourt rapidement, le reste n'était pas intéressant, et se leva pour refaire chauffer de l'eau.

« De l'eau chaude... ? Sans rien dedans ? Vous êtes sûr ? »

La voix accompagnait les gargouillis de la bouilloire, sans rien dedans ? vous êtes sûr ?, elle le suivait, enveloppait ses oreilles de son point d'interrogation, lui pénétrait par les orifices pour venir traîner malicieusement dans les recoins de son cerveau, je vous fais chier ? vous êtes sûr ?, lui titillait le cortex de sa caresse chaude et légèrement éraillée.

Et cette voix par son omniprésence le remplissait de vide, un vide béant qu'il sentait avec encore plus d'acuité dans le silence clos des trajets en fourgon. Ça c'était pire que tout, Sylvain Bragonard en tête à tête avec lui-même, tu parles d'une compagnie.

Il avait même pensé, brièvement, mettre de la musique pour créer une illusion d'Alice – mais, de la musique, quelle musique ? Il était resté confus et indécis, incapable de se remémorer un morceau en particulier – les musiques d'Alice n'avaient de commun que leur éclectisme, et il les confondait toutes, Alice c'était *la* musique, mais la musique sans Alice, rien que du bruit.

Et puis, dans sa mémoire, au rayon musical, il n'y avait que Janis – et non, il ne voulait pas Janis, surtout pas, Janis c'était Ju', Ju' dont la voix surgissait aussitôt, à son tour, pour ne plus le quitter.

Eh bah ! elle t'a tapé dans le pif c'te gonzesse mon vieux Sylvou, gaffe à tes miches… pis entre nous j'sais pas trop ç'que tu lui trouves, hein, l'est un peu fadasse ta nana, tu mérites mieux, moi j'te l'dis – son timbre prenait des intonations railleuses, aigres, tout le monde était « fadasse » à ses yeux, à commencer par les béguins de Sylvain. Il n'y en avait pas eu beaucoup, d'ailleurs, quelques filles dont il avait aimé l'odeur, irrépressiblement, des désirs passagers que Ju' toisait de son œil narquois… Et la rencontre de cette dernière avec la dulcinée du moment se terminait à tous les coups en cocktail Molotov, Ju' sortait sa panoplie la plus caustique, une vraie langue de pute, elle protégeait son territoire façon tigresse, et son territoire c'était Sylvain.

Lui, ça l'exaspérait et le faisait marrer tout à la fois, putain Ju' tu peux jamais la tenir ta foutue langue, mais mon Sylvou dis-toi que j't'ai foutrement rendu service, avoue qu'elle était complètement insipide cette donzelle-là…

Il était incapable de lui en vouloir ; c'était juste Ju', sa Ju', la prolongation de son être depuis le collège, depuis qu'ils s'étaient aimantés et scotchés ensemble comme une paire de cerises asymétriques. Elle la grande gueule provocatrice, lui le discret taiseux du fond de la classe. Il dépensait autant d'efforts à se fondre dans le mur et le moule qu'elle à les exploser tous les deux, il fallait bien qu'ils se rencontrent.

Son odeur aussi, il l'avait tout de suite aimée. Elle n'était pourtant pas agréable à proprement parler, cette odeur, et c'est sans doute pour ça qu'il l'aimait, elle respirait le musc et la vitalité, une pulsation de vie brûlante qui la démarquait nettement du magma d'exhalaisons tièdes dont ils étaient entourés. Odeur attractive ou répulsive, c'était selon, et elle en jouait, pour lui en tout cas c'était indéniablement attractif, une fragrance unique et puissante qui condamnait toutes les autres à une incurable fadeur.

Les autres, eux, la tenaient à distance, Ju', ce garçon manqué trop excentrique. On la disait gouine, dancing gouine précisait-elle le regard abstrus, on n'avait jamais trop su, enfin elle était un peu folle, ça faisait consensus. Et Sylvain, lui, la flairait depuis longtemps, cette folle au parfum singulier, sans trop oser l'approcher. C'était elle qui l'avait accosté, pirate irrésistible débarquant dans son univers avec son rire de pétard et sa boussole détraquée, d'autorité elle avait pris la barre et il s'était contenté de la regarder, fasciné.

Puis ils ne s'étaient plus quittés. Similaires et pourtant aux antipodes, deux continents liés par leurs pôles respectifs. Elle, c'était une centrifugeuse, elle projetait toute son énergie, sa violente énergie vers l'extérieur, ça partait dans tous les sens, elle imprimait sa présence au monde par l'explosion. Toi mon Sylvou, qu'elle disait, t'es un alambic, t'absorbes le monde et tu l'distilles à l'intérieur pour en tirer l'essence, et ça t'fait ton eau-d'vie.

Sauf qu'il n'y a plus d'eau-de-vie dans ton Sylvou, maintenant, ma pauvre Ju'... Plus que de l'eau-de-mort stagnant dans un alambic vide, finie la distillerie, le monde n'y pénètre plus, il ne fonctionne plus qu'avec des fantômes ton alambic de Sylvain.

La bouilloire en tremblant et sifflant indiqua que l'eau était prête. Il s'en versa une tasse qu'il but illico, s'ébouillanta la langue au passage, ce qui le laissa de marbre. Pour ce qu'elle servait, cette fichue langue. Quoique si, tout compte fait, elle pouvait encore servir, peut-être… Ou peut-être pas… Il n'arrivait pas à savoir, et ça le plongeait dans des abîmes d'embarras.

L'eau, après la langue, lui brûla la gorge, il ne trouvait pas ça désagréable, cette sensation de brûlure, il aimait ça comme il avait aimé Ju' et son odeur, cette odeur capiteuse, enivrante et cuisante comme de l'eau-de-vie justement, odeur que pourtant il ressentait parfois le besoin de fuir pour des contrées plus douces et délicates, plus fades, oui, en un sens, moins sauvagement intenses. Et il arrivait que l'occasion se présente, une fragrance saisie au vol qui émoustillait son nez et l'emportait dans une aventure éphémère, lui permettant alors d'échapper, superficiellement, à la vigoureuse muscade et à ses effets psychotropes. Mais, de gré ou de force, il y revenait toujours, à la muscade, à Ju', à son corps et à son rire, à sa voix qui même outre-tombe ne le lâchait pas.

Sa voix qui aujourd'hui s'entrechoquait avec une autre, les deux s'enroulaient autour de Janis Joplin pour coloniser allègrement l'esprit de Sylvain. Chaleureux et envahissants tentacules qui en se nouant se heurtaient dans une assourdissante cacophonie, Alice et Ju', Ju' et Alice, successivement ou simultanément. Et il voulait la paix, la *paix,* bon Dieu, retrouver son vide et sa mort, mais cependant il s'y accrochait, à ces voix, presque désespérément, punaise tu d'viens vraiment schizo mon Sylvou, maintenant on n'est même p'us deux, c'est carrément dev'nu la Sainte Trinité, et pis c'est qui celle-là d'abord ?!, sans rien dedans ? rien dedans ? vous voulez que je parte ? vous êtes sûr ? bien sûr que non, il n'était sûr de rien, de rien, si ce n'est qu'à ce rythme il allait réellement finir par imploser.

Il nettoya machinalement la table, prit son portable, le reposa, le reprit, se gratta le nez, le reposa, se leva, fit les cent pas, se rassit, se releva excédé, saisit sa tasse et, d'un geste sec, remit la bouilloire en route.

20

Le SMS était tombé le matin même.

On aurait difficilement pu faire plus expéditif :

« Pompes funèbres Neuilly-sur-Seine 9 h 15 »

Elle n'en avait pas moins souri jusqu'aux oreilles, et accouru. Cette forme tout en rondeur et affabilité, c'était tellement *sylvanesque*. Un mois qu'elle attendait ça, elle n'allait pas se faire prier en réclamant des formules de politesse.

Et maintenant l'embaumeur se tenait devant elle, radieux et excité devant l'énième dépouille malodorante étalée entre eux deux :

« Ah... ça, ça sent le vétiver ! »

Il souriait, Alice n'avait aucune espèce d'idée de ce qu'était le vétiver, mais la chose semblait le réjouir grandement. Il faut croire d'ailleurs qu'elle était forte, cette odeur, car ça lui avait sauté au nez avant même l'étape du déshabillage.

Celui qui exhalait ainsi le vétiver était un vieux monsieur massif et fringant, la mâchoire carrée, une généreuse bedaine sous sa chemise de marque, des restes de charisme sur ses traits figés par la mort. Alice lui trouvait une dégaine de politicien.

« Vous sentez ? Ces effluves fins et terreux... Puissant et élégant, le vétiver, un archétype de la masculinité dominante, en quelque sorte, très terrien et boisé, légèrement fumé aussi, on peut pas le louper. »

La chemise bâillait largement au niveau de la poitrine, les boutons en avaient été arrachés. Alice savait, de son expérience de plusieurs mois auprès des thanatopracteurs, que ça signifiait crise cardiaque. Que le vêtement soit déjà bousillé n'empêcha pas Sylvain de le déboutonner soigneusement jusqu'en bas, avant de l'ôter avec sa précaution habituelle.

« En note de tête, la verveine... un soupçon volatil de fraîcheur dynamique, énergique, un relent d'éternelle jeunesse. Ça ne veut pas vieillir, la verveine, et pourtant c'est jamais elle qui a le dernier mot, elle se contente de séduire au premier coup de nez avant de se dissiper dans l'atmosphère... Trop légère la verveine, et ce parfum-là il n'est pas léger, non, ce qui domine ce sont les notes de fond, le vétiver et la fragrance précieuse du santal, c'est lourd, intense et corsé derrière le chic apparent, vous voyez ? »

Elle ne voyait pas vraiment mais entendait, se laissait bercer comme toujours par sa voix de conteur d'odeurs, et pour l'heure ça lui suffisait.

Il acheva de retirer les habits et de désinfecter le corps, se concentra un long moment sur le traitement du visage : application des couvre-œil, rasage, ligature de la bouche, modelage. Puis prit son scalpel et poursuivit :

« Au cœur, on a les notes fumées et résinées dans leur écrin de vétiver, une pointe de cognac pour le côté sulfureux, et puis du benjoin, suave et séducteur, velouté comme du chocolat, ça vous enrobe de son arôme délicatement caramélisé, avec la chaleur ambrée du café grillé. Attention à l'enjôlerie... surtout que... »

Il se figea, scalpel à la main, l'œil pétillant, excité :

« ... Ah, mais oui, évidemment ! Le carvi... Logique... Il se mêle à la verveine en notes de tête, manquait une note épicée, cuminée, c'est évident... »

Alice le regardait avec une certaine tendresse. Il était particulièrement exalté. Était-ce ce parfum qui l'intéressait plus que d'autres, ou bien le fait que, pour la première fois depuis un mois, il avait de nouveau une auditrice, quelqu'un avec qui partager ses histoires parfumées ?

Elle n'avait toujours pas compris pourquoi il s'était soudain évaporé, pas plus qu'elle n'avait compris pourquoi, contre toute attente, il était réapparu aujourd'hui, tout aussi brutalement.

« Grand rehausseur de goût, le carvi. Sous réserve qu'on n'en abuse pas. Sinon ça peut devenir toxique. » Il fronça les sourcils, puis un sourire presque malicieux se dessina sur son visage : « Ouais, c'est bien ça... Un peu trop fortement dosé en carvi, celui-là... On s'en aperçoit pas tout de suite, au début ça paraît équilibré, carvi et verveine en notes de tête qui se disputent la vedette, et puis peu à peu le carvi qui vient par vagues, toujours fugaces mais toujours plus fortes, et qui parfois écrasent tout le reste. C'est que c'est dangereux, cette connerie-là ! »

Il actionna la pompe, se tourna vers Alice :

« Et en même temps, c'est ce qui fait sa personnalité, vous voyez... Sans ça, ça serait trop rond, trop harmonieux. Parfois, c'est plus intéressant quand c'est un peu dissonant, ça donne du corps, avec cette petite note grinçante qui détonne. C'est ce qui donne du souffle, ce qui fait qu'un parfum va être charismatique, qu'il va vous prendre aux tripes et un peu vous envoûter, vous voyez... Quand se déploie autour de vous toute une variété d'accords qui se mêlent, se succèdent, parfois s'annulent et se télescopent, en douceur ou bien plus violemment... »

Alice le fixa, soudain saisie.

« Vous en parlez comme de la musique ! »

Comment avait-elle pu penser qu'il ne vivait pas en musique ? Bien sûr que si. Entre les murs des chambres funéraires, du moins. Elle n'avait jamais réellement fait le rapprochement auparavant.

Il lui sourit par-dessus le corps parfumé au carvi et au vétiver qu'il malaxait consciencieusement :

« Edmond Roudnitska, il disait ça aussi...

— Qui ça ?

— Roudnitska. Le maître parfumeur. Il disait qu'un parfumeur, c'est avant tout un compositeur, on crée un parfum comme on crée une symphonie. »

Un pli pensif était apparu entre ses sourcils. Il continua à presser la peau du cadavre d'un air absent.

« ...La chimie, à l'origine, c'était pour faire ça, hein ? Parfumeur ? »

Sa face se verrouilla, il retira la canule de l'artère d'un geste précis et légèrement abrupt, pivota pour saisir le trocart avec lequel il réalisait la deuxième série d'incisions. Sans un regard pour Alice.

Bon. C'était prévisible.

Elle se replia sur les questions techniques :

« Quand vous parlez de notes de tête, notes de fond... En fait, ça signifie quoi exactement ?

— À votre avis ? » claqua la voix bourrue de Sylvain.

« Ben... les notes de fond, c'est un peu comme la toile de fond ? Ce qui reste en permanence à l'arrière du décor ?

— C'est ça. C'est ce qui fixe vraiment le parfum, et qui lui donne sa personnalité, quoi... Ce qui subsiste quand tout le reste s'est évaporé.

— Tout le reste, donc, ce sont les notes de tête ?

— Et de cœur. Faut pas oublier le cœur.

— Et ça sert à quoi, le cœur ?

— À donner du corps... ce qui fait le lien entre la tête et le fond, en quelque sorte.

— Et la tête, du coup, c'est quoi ?

— L'appât. La première impression, ce qui s'offre au nez à toute première vue. La partie la plus légère et volatile, la plus éphémère aussi.

Celle qui s'en va au premier coup de pinceau, si vous voulez... »

Enfin, normalement, songea-t-il. La noix de muscade, elle, était pourtant dans la catégorie des fugitives, un bon profil de note de tête, une senteur-éclair, et ça ne l'avait pas empêchée de s'incruster en lui comme une note de fond, tenace, obstinée, au détriment de toutes les lois de la chimie. C'était bien Ju', ça, d'ailleurs, de faire un pied de nez même aux principes physiques les plus élémentaires.

« Donc, on est toujours censé les percevoir dans cet ordre ? Tête, cœur, fond ?

— En principe, oui... Enfin, le plus important, c'est que tout est présent simultanément dès le début. Ce qui compte, c'est la *totalité* du parfum, vous comprenez. Mais de l'extérieur, en général on va le percevoir dans cet ordre-là, oui.

— Mais vous, vous les racontez rarement dans cet ordre.

— Parce qu'avec les morts, c'est différent. Le fond et le cœur ressortent plus, vous voyez, dit-il en levant brièvement la tête de son trocart. Et puis moi je suis pas très représentatif, je... j'ai un nez un peu... déstructuré... »

T'es l'Picasso du nez, mon Sylvou, l'Picasso du nez... Le jour où tu f'ras les choses dans l'même sens que tout l'monde, tu m'préviendras et on appel'ra l'Samu.

« Comment, déstructuré ? »

Les yeux de Sylvain s'élevèrent au ciel dans un élan exaspéré.

« Pouvez pas vous empêcher de poser des questions, hein ? »

Alice, en guise de réponse, enroula sa main autour de son œil, façon longue-vue.

« Vous savez ce que c'est ? »

Il secoua la tête.

« Mon nom en langue des signes. Ça veut dire "curieuse", précisa-t-elle en riant. Épeler A-L-I-C-E à chaque fois, vous imaginez, c'est un peu fastidieux, alors on a tous un nom de substitution. Et moi, quand j'étais bébé, paraît que je passais mon temps à tout observer autour de moi avec des yeux gros comme des pastèques et à fureter partout, alors j'ai écopé de celui-ci. Vous voyez, ça me colle à la peau ! »

Il la regarda sans un mot par-dessus sa chirurgie. Termina l'opération, et se retourna pour sortir de sa mallette le matériel de suture, songeant qu'elle aussi, à son grand dam ou non, elle lui collait à la peau. Comme un baume urticant.

21

Le kilo de piments était étalé sur le plan de la cuisine. Avec le gingembre, l'ail, les graines de coriandre. Il les fixait depuis dix minutes, mains moites et cœur battant, ne parvenait pas à s'y mettre, s'exhortait : allez, bon sang, tu les as achetés ces foutus piments, maintenant assume, tu vas quand même pas les laisser moisir au fond du frigo. Il frotta ses paumes l'une contre l'autre, retroussa ses manches, bloqua de nouveau. On inspire, on expire. Relax, Sylvain, c'est qu'une putain de confiture.

Il savait pourtant qu'elle signifiait bien plus que ça, cette putain de confiture.

Il finit par prendre un piment, la planche, le couteau, là, voilà, c'est quand même pas compliqué, rassure-moi, tu sais encore couper des piments, au moins ? Ses membres se détendirent peu à peu, il retrouvait des automatismes, l'oscillation régulière du poignet au rythme de la découpe, la peau lisse des piments sous ses doigts, la brûlure du jus qui giclait légèrement.

Il aurait préféré des piments sucette de Provence, leur saveur sucrée convenait mieux à sa confiture, n'en avait pas trouvés, tant pis, ceux-là feraient l'affaire... La mixture aurait de toute façon, pour lui, à jamais le goût de la Provence – mort ou vivant, avec ou sans piments sucette. C'est dans ces contrées méridionales qu'elle était née, au milieu des effluves secs du maquis, dans la vieille bastide à moitié écroulée de la famille de Ju'. Tellement d'étés passés là-bas, le nez dans les marchés, ces marchés du Midi aux mille couleurs et odeurs, les talons cornés par les épines de pin qui tapissaient le jardin et dont la senteur chaude et résinée s'immisçait dans ses narines du matin jusqu'au soir ; et puis l'odeur de cave qui imprégnait toute la maison, la fraîcheur minérale de ses vieux murs et le bois craquant des armoires avec, à l'intérieur, leurs émanations de linge humide et de lavande fanée...

Son corps se crispa douloureusement, il continua de couper ses piments, tu l'as voulu, mon vieux, qu'est-ce que t'attendais... C'était peut-être maso, ce besoin tout à coup de raviver artificiellement ses souvenirs, faute de mieux, ses souvenirs qui se consumaient quelque part entre son hippocampe et son amygdale, auxquels il ne pouvait plus accéder spontanément que par fragments d'odeurs fantômes, ou bien par bribes de musique, parfois. C'était douloureux et pourtant vital, il le sentait, peut-être douloureux *parce que* vital d'ailleurs, il ne savait pas, se reconcentra sur les piments.

Il remplit la casserole puis s'attaqua à l'ail, l'éminça avec la même minutie que lorsqu'il s'agissait de dégager l'artère carotide d'un nourrisson. Il était concentré, précis, d'une précision toute technique, concrète, circonscrite, et une sensation de bien-être diffus aussitôt le parcourut, comme quand il s'occupait des défunts, oui, une sensation analogue, comme une vague de chaleur qui enveloppait ses membres. S'absorber tout entier dans un enchaînement de mouvements ordonnés, seule façon de ne pas ruminer éternellement du vide, seule façon de mettre volontairement sa mémoire en branle, de ranimer la vie qui fourmillait encore sous son crâne. La plupart du temps, il voulait simplement la faire taire, cette vie qui n'était plus que mémoire, mais pas aujourd'hui, non... Cette fois il la sollicitait, activement, de tous ses bras maintenant occupés à hacher du gingembre, il mobilisait ses bras pour un massage cardiaque sur corps et esprits inanimés.

Les ingrédients mijotaient dans l'huile d'olive, il écoutait leur frémissement – une sorte de chant de cigales culinaire. Bah oui c'est ça, bien sûr, un chant de cigales, non mais oh ça va bien les envolées lyriques, c'est Alice et sa mélomanie qui te montent à la tête ou quoi... Bon, d'accord, peut-être pas tout à fait un chant de cigales, plutôt comme le crépitement des aiguilles de pin sous les pas, furtifs éclairs brisant le silence nocturne, quand ils s'évadaient jusqu'au bout du jardin et s'allongeaient sur le sol desséché.

De la bouche de Ju' s'échappaient des volutes de fumée qui s'élevaient jusqu'au ciel, enveloppaient les étoiles, c'était cliché mais ça leur plaisait, ils buvaient au goulot le whisky millésimé volé au père de Ju', putain qu'est-ce que c'était bon cette connerie – et dans son esprit tout se mêlait, l'arôme délicatement fumé du whisky avec la fumée de la clope de Ju', le parfum de la terre provençale et les craquettements nés du mouvement de leurs corps sur le lit d'aiguilles.

Et puis cette autre fumée, dont l'odeur âcre et brutale l'avait violemment tiré du sommeil une certaine nuit ; ils étaient seuls dans la bastide et le ciel rougeoyait, il s'était levé d'un bond, Ju' ! Ju', putain !!, pas de réponse, personne, il avait couru dehors, couru... Elle était là-bas, au milieu du jardin, devant un feu de joie allumé par ses soins, elle dansait... et le feu prenait sur le tapis d'aiguilles, c'était tout le terrain qui était prêt à flamber et la baraque avec, et elle dansait, dansait en beuglant, ah c'est toi mon Sylvou t'as vu regarde, c'est Guernica, Guernica et moi j'suis l'Picasso d'la danse, viens danser avec moi sur Guernica, bouge ton cul Sylvou ! Il avait paniqué, cavalé vers la maison, saisi le tuyau d'arrosage, l'avait traîné jusqu'à Ju' et son Guernica et les avait tous les deux repeints, éteints, il avait failli appeler les pompiers et puis finalement elle s'était lentement stoppée, cette danse infernale, laissant dans son sillage un relent de sueur et de cendre mouillée.

Ju' vacillait, elle était bourrée et peut-être même défoncée, il l'avait giflée, son corps avait culbuté sous la violence du coup. T'es folle Ju', t'es complètement folle bordel de merde, il hurlait, elle l'avait brûlé de l'œil, amère, agressive, kestu branles avec une folle alors, va r'joindre tes jolies p'tites nénettes bien proprettes et casse-toi, casse-toi j'te dis ! Elle lui crachait son venin, et il l'avait plantée là, encore tremblant de fureur. Il était revenu quelques heures plus tard, elle clopait d'une main chevrotante et son visage avait coulé comme le tuyau d'arrosage, il s'était assis à côté d'elle, ils avaient regardé jusqu'au matin, sans un mot, les cyprès transpercer le ciel de leur masse noire et effilée.

Tout compte fait, c'était peut-être simplement ça, le chant des piments qui cuisent : les crépitements de l'incendie dans une nuit de juillet, l'incendie qui rongeait l'intérieur de Ju' et avait failli les emporter tous les deux, au fin fond d'un mas provençal.

Bon, la confiture, Sylvain, la confiture, concentre-toi... Il rajouta un peu de vinaigre balsamique, le sucre, mollo sur le sucre, pas tes repères de maintenant, ceux d'il y a quinze ans, souviens-toi – il se souvenait, il était rouillé et entre-temps son monde s'était écroulé, mais sa mémoire, elle, demeurait vivace, au moins un truc qui fonctionnait à peu près. Il mouilla le tout, baissa le feu, resta là à contempler le contenu rouge et frémissant de la casserole.

Ju' n'était pas précisément en odeur de sainteté chez les Bragonard. Ils la trouvaient un peu barjo et excessivement excentrique, surtout Éliane, pas vraiment une fréquentation très saine, cette jeune fille… Elle la toisait d'un œil méfiant dès qu'elle mettait le pied chez eux, et l'intéressée, évidemment, en rajoutait allègrement juste pour faire chier, débarquait avec son blouson de motarde et ses baskets crottées dans le vestibule soigneusement récuré, eh mon Sylvou kesk'elle dirait ta daronne si j'me pointais un jour avec une crête de punk sur l'caillou ? Elle l'aurait d'ailleurs fait s'il n'avait pas dépensé autant d'énergie à l'en dissuader. Elle râlait affectueusement, p'tain vous êtes tell'ment *proprets* vous les Bragonard – dans sa bouche ça sonnait comme *fadasse,* le sommet de la pyramide des insultes –, un peu d'merde de temps à autre ça vous f'rait pas d'mal, y'a que vot'clebs qu'est fréquentable dans cette baraque. Et Durian de frétiller et de lui sauter dessus dès qu'il la voyait, c'était bien le seul, avec Sylvain, à manifester à son égard une sympathie débridée.

Chez elle, en revanche, c'était pas propret, non, plutôt fantaisiste et bordélique et il s'y sentait bien, parmi ces vieux bourgeois fantasques qui l'accueillaient à bras ouverts. Plus fantasques que bourgeois, du reste. Ils menaient une existence un peu foutraque, se prétendaient fauchés, ce qui n'empêchait pas le père de dépenser en vins et spiritueux l'équivalent du PIB de la Pologne – c'est qu'on ne déconnait pas avec la bonne chère, chez eux, c'était peut-être même la seule affaire qui méritât d'être traitée avec sérieux. Autant dire que Sylvain et son goût immodéré pour les odeurs et les saveurs étaient chaleureusement les bienvenus. Ils s'étaient tout de suite entendus. Et la voix tonnante du père de Ju' résonnait dans la cage d'escalier de la maison provençale, rude, ronde et chaude comme les effluves de cigare qui le précédaient à un demi-kilomètre, alors Sylvain, c'est quoi le menu aujourd'hui ? Leur cuisine lui était ouverte, il fallait les surprendre et il s'y efforçait, actionnant ses méninges et son nez pour satisfaire le palais avide et raffiné de cette famille de Gargantuas. C'était ce qui les rassemblait, cette exigeante avidité, ils bouffaient la vie à grosses bouchées généreuses sans rien sacrifier à la qualité et Sylvain se sentait dans son élément, lui aussi était avide, une avidité plus discrète, *intérieure* aurait dit Ju', mais non moins béante : il dévorait la vie et le monde par les narines.

La confiture épaississait, les ingrédients fusionnaient en une masse brillante et visqueuse, d'un beau rouge sang. Il n'osait pas goûter, se fia à sa vision et à la texture, pas encore assez sirupeux, quelques minutes de plus et ça serait bon. Il fut soudain saisi d'une intense appréhension, ça serait bon, vraiment ? Et si ça ne l'était pas ? Du calme Sylvain, bien sûr que ça sera bon, t'as quand même pas tout perdu, regarde, ils sont toujours là les vieux réflexes… Cette pensée le rassura un peu, il s'essuya les mains sur le torchon et se remit doucement à touiller.

Elle avait eu un franc succès, dans le temps, cette confiture, elle était même devenue un

« classique Sylvain », aussi bien dans la famille de Ju' que chez les Bragonard. Parce qu'eux aussi, de leur côté, aimaient la bonne pitance, avec des goûts plus simples, moins exigeants que chez Ju' mais c'était quand même essentiel tout ça, la bouffe, la convivialité, peut-être leur seul point commun d'ailleurs. Ses premières émotions olfactives, ils les avaient eues là, dans la cuisine d'Éliane, les effluves de gratin de courgettes, il en avait encore l'eau à la bouche, et le fumet de sa daube de bœuf, jamais des trucs très créatifs, des « valeurs sûres » comme elle disait – « valeur sûre », cette expression pouvait résumer à elle seule l'existence entière d'Éliane Bragonard. Et puis, plus tard, dans la modeste mais honorable cave à vin de Fabrice, ses goûts s'étaient affinés, et son père et lui y avaient partagé leurs rares moments de complicité. La plupart du temps, il planait dans son propre monde et Sylvain dans le sien, mais leurs deux mondes se rejoignaient, fugacement, dans la moiteur parfumée de la cave à vin.

Un étau de tristesse lui serra la gorge, inexorable, et il s'invectiva brutalement. Ça suffit, bon sang, Sylvain, ça suffit, c'est quoi ce délire, alors comme ça tu veux souffrir, t'es complètement maso mon vieux, retourne à ta confiture et arrête de ruminer.

Il remua une dernière fois et éteignit le feu. Jeta un œil presque tendre à la mixture, tendre et pensif, la borda d'un torchon propre, et laissa reposer.

22

La voix de Montand remplissait la camionnette, chaude et caressante comme l'air de juillet qui s'engouffrait par les fenêtres ouvertes. Rengaine entêtante, *trois petites notes de musique* endormies dans le creux du souvenir, jusqu'à ce qu'*un jour sans crier gare,* souffla Montand avec malice, *elles vous reviennent en mémoire...*

Alice dodelinait de la tête en rythme, un léger sourire flottant sur les lèvres. Elle laissa pendre son bras à l'extérieur, savourant la chaleur du soleil sur sa peau nue ; et soudain se retourna vers Sylvain, l'air éclairé :

« Vous trouvez pas ça dingue, vous, que l'homme soit le seul animal à réaliser des rites funéraires ? C'est dingue, non ? »

La question avait surgi de nulle part, et Sylvain, qui commençait à avoir l'habitude, haussa les épaules :

« Qu'est-ce qu'on en sait ?

— Ben, jusqu'à présent, on n'a jamais rien trouvé de concluant chez les animaux à ce niveau-là, en tout cas. Est-ce que ça veut dire que l'homme serait le seul à avoir développé une pensée métaphysique ? »

Il soupira, n'en savait fichtrement rien, et du reste ça ne changeait pas grand-chose à ses affaires.

Elle reprit avec animation, était visiblement d'humeur philosophique, lui pas du tout, ce qui ne semblait pas la perturber outre mesure :

« En fait, étudier la thanatopraxie et ce genre de trucs, c'est un peu essayer de toucher à l'essence de l'homme, quoi... ce qui vraiment fait la spécificité humaine, vous voyez ? Pourquoi est-ce qu'on est les seuls mammifères à se casser le cul pour tenter, coûte que coûte, de conserver des bouts de nos pairs décédés... »

Il l'écoutait d'une oreille distraite, l'autre était concentrée sur la musique, ces trois petites notes serinées par Montand, venues des tréfonds du souvenir réveiller les *mille et une peines qui n'veulent pas mourir*.

« Les humains, ils acceptent pas l'éphémère. Ça les rend dingue. Ils voudraient toujours tout conserver, que ce soit le corps ou l'âme ou quoi que ce soit d'autre, faut qu'il reste un truc. Tout pour lutter contre le transitoire, et cette lutte, bah ça s'appelle l'humanité...

— Comme c'est profond.

— C'est ça, foutez-vous de ma gueule. Nan mais, sérieusement, vous n'êtes pas d'accord avec moi ? » Un sourire piquant apparut sur ses lèvres : « Venez pas me dire que vous n'êtes pas vous-même obsédé par la conservation... »

Il se ferma, fronça les sourcils, mains légèrement crispées sur le volant.

« Ce que je veux dire, finit-il par marmonner, c'est que je pense pas que l'homme soit foncièrement différent des autres bêtes... avec ou sans rites funéraires... on est juste des animaux, on naît puis on crève, et entre les deux on bouffe, et c'est tout.

— Un peu réducteur comme vision de l'humanité.

— C'est quoi, l'humanité ? On a un corps, et puis basta. Et on vit avec notre putain de corps et avec nos sens, et quand ça marche plus, ben on crève. Montrez-moi la différence avec un chien.

— Et les chiens, eux aussi ils s'embaument entre eux ?

— Pourquoi pas. À leur façon. Oh, et puis j'en sais rien », lâcha-t-il irrité, il ne poursuivit pas l'idée mais c'était limpide : vous me faites suer avec vos questions philosophiques à la con.

Alice s'abstint de relever à voix haute la contradiction notoire entre ces propos désabusés et l'humanité – si ce n'est la discrète spiritualité – qui transparaissait, indubitablement, dans la respectueuse délicatesse avec laquelle il traitait tous les individus qui atterrissaient entre ses mains. Il s'était visiblement levé du pied gauche aujourd'hui, inutile d'insister.

La musique s'était arrêtée, elle lança alors *The Funeral* de Band of Horses, un poil plus intense que la douce ritournelle d'Yves Montand et ils s'y absorbèrent tous les deux, sans un mot, pendant quelques minutes. Elle avait tranquillement levé ses pieds pour les appuyer contre la boîte à gants ;

il lui jeta une œillade agacée, ça l'énervait toujours quand elle faisait ça, ses semelles de chaussures laissaient sur le plastique des traces de poussière qu'il devait ensuite nettoyer, c'était pénible.

The Funeral livrait ses dernières notes lorsqu'ils arrivèrent à destination. Il coupa le moteur, elle sa musique et pivota de nouveau vers lui, tout sourire :

« À propos, est-ce que vous saviez que les Guayaki du Brésil et du Paraguay, eux, ils avaient pour coutume de boire les cendres de leurs proches ? Intéressant, non ?

— Ravi de l'apprendre. »

Ils sortirent du fourgon, se dirigèrent vers le coffre.

« Je me demande quand même quel goût ça a. Paraît qu'ils mélangent ça à des boissons fermentées, si je me rappelle bien.

— Eh ben allez-y, faites-vous plaisir, essayez donc », commenta Sylvain d'un ton sardonique.

Alice esquissa une moue dubitative.

« Pas trop la mode locale, ici, la nécrophagie. »

Silence pensif.

« Ceci dit, je sais pas si c'est toujours une pratique en vogue là-bas ou pas... Ce sont des données ethnographiques qui remontent aux années soixante, donc bon, ça a pu changer depuis le temps. »

Sylvain sortait les mallettes, elle continuait, intarissable :

« Mais quand même, c'est intéressant. On retrouve cette idée de perpétuation... J'ingère le mort pour qu'il reste en moi, ou un truc comme ça. C'est un peu la même idée que la thanato, quelque part. Si on va un peu loin dans l'extrapolation. C'est toujours cette idée d'en passer par le corps pour arriver au spirituel. Si vous voyez ce que je veux dire.

— Vous aimez le piment ? »

Voix brusque.

Elle le regarda, un peu prise de court. C'était quoi le rapport avec le piment ?

« Le piment ? Euh, oui, j'aime bien ça, pourqu… »

Il lui fourra dans les mains un petit bocal rempli d'une substance rouge vif qu'il venait d'extirper du coffre, bougonna :

« Confiture. Pas mal pour accompagner les fromages à pâte pressée. Cantal et Abondance surtout.

— De la confiture de piments ? C'est pour moi ? Euh, bah super, merci, c'est gentil… »

Il lui avait déjà tourné le dos et s'éloignait avec ses mallettes. Son pas était nerveux, rapide, il se propulsait vers le funérarium comme vers un point d'eau une bête assoiffée. La chambre funéraire et sa bulle de sérénité, vite. Rester le moins longtemps possible dans cette atmosphère estivale étouffante, cette atmosphère des beaux jours de juillet au parfum lugubre.

Pour la majorité du commun des mortels, la fin du mois de juillet évoquait vacances, terrasses et barbecues ; pour Sylvain Bragonard, ça signifiait cauchemar.

23

Nico sortit de la salle de bains, revint dans la cuisine et lui déposa un bisou par-dessus la tasse de café, accompagné du rituel : bonne journée ma Doudou à ce soir. Elle lui sourit distraitement. Elle avait toujours trouvé ça un peu ridicule, *ma Doudou,* ne le lui avait jamais dit – c'était sa façon de lui montrer son affection.

Elle l'entendit se chausser dans le couloir, ouvrir la porte, attendit le claquement, qui ne vint pas. À la place, il y eut :

« Euh… Aude ? »

Elle leva le nez de son café.

« Qu'est-ce qu'il y a ?

— Viens voir. »

Elle obtempéra.

Nicolas se tenait debout dans l'entrée, devant la porte ouverte, tenant entre ses mains un pot en verre qu'il regardait d'un air perplexe :

« C'était sur le paillasson…

— C'est quoi ?

— Aucune idée.

— Comment ça, aucune idée ? Fais voir. »

Elle saisit le bocal, l'examina.

Son estomac bondit à la vue de la mixture rouge et luisante qui remplissait le récipient. Ce n'était pas... Est-ce que c'était... ? Impossible.

« Bon sang...

— Quoi ? Qu'est-ce que c'est ? »

Elle embarqua le bocal jusqu'à la cuisine, Nico sur les talons, redoublant de circonspection. Elle l'ouvrit, le renifla, prit une cuillère dans le tiroir, Nico beugla :

« Non mais attends... tu vas quand même pas goûter ce truc ! T'es malade, on sait même pas ce que c'est, ni d'où ça vient...

— C'est de la confiture de piments. Enfin, je crois. »

Abysses de perplexité.

« De la confiture... de *piments* ? Ça existe ? Et que viendrait foutre une confiture de piments sur notre paillasson, je te le demande ? »

Elle ne répondit pas, préleva une cuillerée de la chose qu'elle porta à la bouche, sous le regard anxieux de Nicolas :

« Fais gaffe, Aude, bordel. T'es vraiment sûre que... »

Bam ! Feu d'artifice dans la bouche. Un cocktail pimenté et sucré, bonbon brûlant et parfumé à la texture délicieusement veloutée, qui lui enroba le palais et lui saisit les tripes avec toute la puissance d'un souvenir incarné.

C'était ça... oui, c'était bien ça. Incroyable.

« Alors ? »

Les yeux d'Aude étaient humides, et ce n'était pas dû à la seule force du piment.

« C'est bien ça. C'est la confiture de Sylvain. »

Nico leva un sourcil.

« Sylvain ? Ton *frère* ? Depuis quand il fait de la confiture ? C'est une blague ? »

Dans l'imaginaire de Nicolas, Sylvain et confiture, c'était aussi compatible que Barbie et mousse à raser. Il ne savait pas que son Sylvain à elle, sa grenouille, passait sa vie devant les fourneaux – son univers et son laboratoire d'expérimentation, au même titre que sa chambre avec ses placards remplis de flacons. Odeurs et saveurs, les deux se nourrissaient mutuellement disait-il, il cuisinait au nez et assurait qu'un bon parfum ça devait se sentir dans le ventre aussi. Aude n'avait jamais totalement compris ce qu'il entendait par là, ce n'était d'ailleurs pas le seul élément du système mental de son frère qui lui échappait ; mais à cette époque, du moins, il daignait en partager avec eux quelques bribes. À défaut d'être très bavard, c'était essentiellement par ses compositions culinaires qu'il entrait en contact avec les gens qui l'entouraient ; il semblait leur donner par la gastronomie ce qu'il ne pouvait pas complètement livrer par les mots, en attendant, peut-être, d'avoir enfin la possibilité matérielle d'offrir au monde ses parfums.

« Bon, finit par lâcher Nico, que l'attitude d'Aude rendait manifestement encore plus perplexe que la découverte d'un pot de confiture sur son paillasson. En tout cas faut vraiment que j'y aille. À ce soir Doudou. », et il s'éclipsa, la laissant en tête à tête avec sa marmelade revenue d'outre-tombe.

Elle la contempla rêveusement. Cette confiture, c'était un cas particulier, comme le disait Sylvain. Celle-ci, il ne l'avait pas créée avec le nez, le piment c'est comme le durian, un traître olfactif : odeur douce et fade, et goût qui vous arrache la bouche. Mais justement, disait-il aussi, moi je voudrais composer un parfum de confiture de piments, imagine, Aude, un parfum gourmand et sucré, épais comme la confiture et brûlant comme le piment, faudrait trouver un moyen de la capturer, cette sensation pimentée – en fait, le rêve, ça serait de capturer *toutes* les sensations pour les retranscrire en odeurs, et même les *pensées* pourquoi pas, c'est ça qui serait vraiment dingue, tu vois ? Ses idées de créations parfumées, il en parlait très rarement, alors elle se souvenait particulièrement bien de celle-ci. Ça lui avait d'ailleurs paru assez abstrait, mais comme d'habitude elle s'était contentée d'opiner, comme si elle en comprenait toutes les subtilités – subtilités qu'elle saisissait un peu mieux aujourd'hui, quinze ans plus tard, alors qu'il n'y avait plus personne avec qui en discuter.

Elle se rappelait parfaitement, aussi, de la première fois qu'il leur avait concocté cette fameuse confiture. La mine éminemment suspicieuse d'Éliane, confiture de quoi ? de *piments* ? Dans sa tête la confiture c'était agrumes ou fruits rouges, point barre, alors du *piment,* non mais qu'est-ce qu'y faut pas inventer, et pourquoi pas de la confiture d'anchois tant qu'on y est...

Il faut dire que quand Sylvain investissait la cuisine, on ne savait jamais très bien ce qui allait en ressortir, le résultat se révélait parfois un peu étrange, il fallait le temps que leurs papilles s'habituent, et puis ils finissaient par y prendre goût, et même plus que goût. À l'instar de cette fameuse confiture que même Éliane, en définitive, s'était mise à réclamer systématiquement pour accompagner ses plateaux de fromage.

Certaines fois, malgré tout, ça se montrait un peu trop pointu pour eux, on sentait qu'il cherchait ses marques, son style, qu'il tâtonnait, tentait de s'aventurer dans des contrées inexplorées du vaste monde des arômes, et c'était Éliane qui mettait le holà, tandis que Fabrice commentait avec son petit sourire doucement moqueur : Sylvain, il nous fait de la bouffe conceptuelle... Ce dernier les regardait de haut, vexé, ils ne pouvaient pas comprendre, leurs goûts étaient bien trop classiques, *ordinaires*, cruellement dépourvus d'audace et d'imagination. C'était vrai, ils l'assumaient sans complexe, n'avaient jamais prétendu à l'originalité ; ils ne cherchaient qu'un plaisir directement accessible, consensuel et sans chichi, « simplicité » était le maître-mot de leurs existences délibérément banales.

Lui, cependant, était en quête d'autre chose, cette autre chose que la famille Bragonard ne pouvait pas lui fournir et qu'il trouvait peut-être auprès de ces excentriques chez qui il passait quasiment tous ses étés, la famille de sa

Ju' adorée. Aude se rappelait avoir été jalouse, terriblement jalouse, ces gens lui volaient son frère, il passait de moins en moins de temps avec les parents et avec elle, et de plus en plus avec ceux qu'il semblait avoir élevés au rang de famille de substitution. Ju', elle l'avait toujours connue, figure incontournable de la maisonnée Bragonard – bien que ses visites se fussent bien souvent résumées à des coups de vent impétueux qu'Éliane s'empressait de balayer en grommelant dans sa barbe. Elle avait fait partie de l'enfance d'Aude au même titre que Durian, son frère et ses parents, le moelleux au chocolat de Tante Mickette et les Polly Pockets. Mais plus tard, Sylvain s'était aussi entiché de sa famille de barges, et avait partiellement déserté la sienne, par la même occasion.

Aude percevait bien, quand il rentrait du Midi, son changement de comportement, il devenait plus péremptoire, arrogant, les méprisait presque – surtout lorsqu'ils s'avisaient de faire des commentaires sur ses prestations culinaires. Et quand ils se contentaient de roquefort de supermarché ou de chocolat Milka – sans doute pas les plus raffinées des saveurs mais ça suffisait à leur bonheur –, ils sentaient alors peser sur eux le regard condescendant de Sylvain, un bonheur aussi peu qualitatif, quelle misère, tout juste bon pour les moutons...

Bien sûr, ça ce n'était pas nouveau, il avait toujours été tatillon là-dessus (voire même carrément chiant) du plus loin qu'Aude se souvienne ; impossible de lui servir une piquette, un saumon d'élevage ou une viande un tant soit peu gonflée aux hormones, il le repérait instantanément, ça ne passait jamais. Elle le revoyait vociférant devant un demi-citron rangé tel quel sans film plastique, ou bien une plaquette de beurre entamée dont le papier d'emballage légèrement ouvert laissait quelques millimètres de son contenu livrés à l'air libre du réfrigérateur, il prétendait que ça prenait le goût du frigo et devenait par conséquent immangeable – et Éliane de lever les yeux au ciel avec exaspération, bon Dieu Sylvain arrête tes simagrées, il n'y a que toi qui le sens, le goût du frigo !

Un tantinet psychorigide, oui, le frangin, d'une psychorigidité élitiste qui s'amplifiait significativement lorsqu'il revenait de ses vacances chez Ju'.

Elle se demanda s'il voyait toujours les parents de Ju' depuis l'accident. Sans doute pas. Il semblait avoir complètement coupé les ponts avec eux, comme il avait partiellement coupé les ponts avec sa propre famille.

Mais maintenant, cette confiture… Qu'est-ce que ça signifiait, elle n'en savait rien, ne voulait pas se bercer d'illusions ; elle se sentait pourtant envahie par une drôle de sensation, comme une vague de chaleur douce et violente à la fois, quelque part entre la nostalgie et l'excitation.

Elle reprit le bocal, la cuillère et tartina généreusement son pain de souvenir confit, que sa bouche au présent avala goulûment.

24

Ils arrivent. Les tentacules odorants. Ils arrivent et s'infiltrent dans son nez, lentement, sournoisement, colonisent sa gorge et lui piquent les yeux, vapeurs brûlantes et âcres qui l'enveloppent peu à peu de leur haleine fétide, l'enveloppent et le serrent, le serrent… le serrent…

La chape de la nuit est tombée sur la bastide, ils ont ouvert une bouteille, deux bouteilles, trois bouteilles. Ju' fume clope sur clope, elle fume beaucoup trop en ce moment, boit beaucoup trop aussi, sa vie prend des allures de sabotage flamboyant, comme le mariage de ses parents qui se sont barrés en fanfare il y a quelques jours, chacun de leur côté, après un énième écharpage en règle avec averse de hurlements, noms d'oiseaux et débris d'assiettes. Ils leur ont laissé la maison, à Ju' et à lui, ça ne leur déplaît pas, ils s'étalent, pillent la cave paternelle, refont le monde sur un tapis d'aiguilles de pin.

Il est trois heures du matin peut-être, les restes de leurs agapes traînent encore sur la longue table en bois rongée par le temps ; ils prolongent lascivement la soirée en compagnie d'une bouteille de graves rouge, pas vraiment le digestif idéal – le père de Ju', s'il avait été là, aurait inévitablement tonné contre ce gâchis d'un excellent vin, mais ils ont décidé de s'en foutre. Ju' de toute façon les débouchonne indifféremment, ces bouteilles, tant qu'c'est bon, le reste on s'en tamponne le coquillard avec une babouche, depuis quand faut qu'on boive *dans l'ordre* et dans des cases, j'te l'demande un peu – faut que ça soit *bon* par contre, là-dessus elle ne transige pas, héritage familial oblige. Chez elle comme chez ses frères aînés et ses parents – mais surtout chez elle –, la grossièreté côtoie le raffinement, l'épaisseur se double de finesse : elle savoure sans cérémonie un pessac-léognan dans un verre à eau, lit Flaubert et jure comme une charretière, snobe ce monde de ploucs tout en scandalisant sciemment les vertueux apôtres du bon goût.

Sylvain, lui, c'est pas trop son truc d'habitude, boire pour boire. Les vins, il les aime pour leurs arômes et pour l'écrin subtil qu'ils offrent aux plats qui les accompagnent, l'alcool en tant que tel ne l'intéresse pas, ce n'est qu'un outil pour atteindre la puissance aromatique ; pas comme Ju' qui, elle, les aime pour les arômes *et* pour l'alcool. C'est ma lance à incendie mon Sylvou, ça calme le feu à l'intérieur c'te putain d'liquide, c'est chaud et pourtant ça m'calme, va savoir – et avec cette lance à incendie elle s'arrose voracement le gosier.

Mais cette nuit c'est spécial, le sommeil ne se résout pas à arriver, inlassablement repoussé par l'anxiété qui lui consume le ventre. Et Ju' en le voyant arpenter la baraque comme un loup en cage lui lance avec son rire de moteur qui pétarade, p'tain Sylvou détends-toi tu vas finir par exploser d'l'intérieur comme une chopine sous pression, vazy on tise un coup ça va t'faire du bien tu vas voir, meilleur antidote, croizan mon expérience ! Elle insiste, il cède, elle a peut-être raison dans le fond, ils ouvrent une nouvelle bouteille, puis une autre, il se laisse porter par le graves et ses notes boisées, son arôme fleuri, rond, légèrement résiné ; elle a raison, il commence à se sentir mieux, le stress reflue pour laisser place à une simple excitation un peu nerveuse. Car impossible d'oublier totalement, et ça tourne dans sa tête, encore et encore, demain ou plutôt aujourd'hui c'est le 21 juillet, j'ai rendez-vous avec Ellena, 21 juillet, rendez-vous Ellena...

Les tentacules l'ont maintenant pénétré entièrement. Et ils continuent de serrer, serrer sa gorge, et sa respiration commence à être saccadée, son nez brûle et ses yeux pleurent, pleurent comme une lance à incendie, comme la lance à incendie de Ju' pour lutter en vain contre les remugles qui l'assaillent. Sylvain assiégé, pris entre les griffes olfactives des pneus brûlés.

Au plafond flottent des nappes de fumée, l'odeur de cigarette interfère avec celle du vin ; souvent ça l'exaspère mais pas cette nuit, la clope et ses relents sont plus que jamais associés à Ju' et ça le rassure qu'elle soit là, à côté de lui, présence chaude et piquante, terriblement incarnée, aussi compacte et solide que les volutes qui s'élèvent de sa bouche sont frêles et évanescentes.

Ça a toujours été elle qui l'a poussé, à sa façon un peu brutale – la douceur lui est inconnue –, bordel Sylvou tu vas jamais y arriver si tu t'sors pas un peu les doigts du cul, mets tes couilles sur la table une bonne fois pour toutes, putain, tu veux y arriver oui ou merde ? Bien sûr qu'il veut y arriver, mais dès qu'on parle de ses parfums il se retrouve pétrifié de pudeur et de timidité. C'est tout son monde intérieur qu'il doit ainsi jeter en pâture, et ça le terrifie ; ses idées de composition, il n'en parle guère qu'à Ju', et puis à Aude, parfois. Ce qui transite et se crée entre son nez et son cerveau, il n'en livre pas le centième à l'extérieur, c'est trop intime, trop fragile, il le conserve pieusement entre les frontières poreuses de sa boîte crânienne ; comme si exposer à l'air ambiant ses délicates esquisses risquait de les dégrader irrémédiablement, de les oxyder au contact agressif d'un monde qui lui fournit pourtant toute sa matière et l'essentiel de son inspiration.

Son ambition, il ne l'a cependant jamais cachée : chez les Bragonard, son attirance pour la parfumerie est parfaitement connue de tous, et vivement encouragée. Lui-même n'a jamais imaginé consacrer sa vie à quoi que ce soit d'autre. Mais Ju' de souligner, à juste titre, que ce n'est pas en se berçant de douces chimères qu'il va réussir à faire entendre sa voix de parfumeur. Faut qu'tu l'ouvres mon Sylvou, bordel de merde, qu'tu l'ouvres et qu'tu gueules à quel point t'es indispensable et qu'tes compos sont des putains d'émanations d'génie en puissance, tu vois, un truc du genre quoi, sinon tu vas t'faire piétiner par ç'monde de saloupiauds et personne aura jamais l'occasion d'profiter de tout ç'que t'as sous l'carafon, personne aura jamais l'occasion d'sentir les œuvres d'not'p'tit Picasso du nez et d'son alambic un peu tarabiscoté. Alors elle l'a traîné, coaché, drainé de son orgueil et de sa foutue pudeur, elle qui avance ou plutôt se propulse dans l'existence en enfonçant les portes et les murs, sans se soucier de sa fierté et encore moins de sa dignité.

Vautrée sur le dos dans le canapé, Ju' allonge les jambes, regarde le plafond enfumé. Et puis soudain sa voix rauque et gouailleuse : tsé pas, mon Sylvou, c'qui s'raît vraiment tripant ? Il ne sait pas, ou plutôt si, il y a beaucoup de choses qui seraient vraiment tripantes, trop d'idées qui se bousculent dans son cerveau et ne demandent qu'à être matérialisées, comme par exemple la dernière en date, un parfum de Bosnie... Ils s'y sont rendus tous les deux au début de l'été, sont partis sac sur le dos pour deux semaines dans les tréfonds des Balkans, il en est revenu rempli de rêves de parfums voyageurs – des parfums qui vous prendraient par la main pour vous emporter illico dans des contrées méconnues, lesquelles, par un subtil bouquet de molécules odorantes, se révéleraient à vous dans toute leur densité et leur complexité. Ça, ça serait vraiment tripant, oui. Et la Bosnie l'a particulièrement touché, ce petit pays exsangue à la triste réputation, modestement lové dans ses montagnes vertes creusées de lacs d'un bleu cristallin ; il rêve d'un parfum qui puisse la représenter tout entière, un parfum lourd et léger à la fois, fragile et éraflé, qui contienne en lui la riche douceur végétale des forêts, des senteurs boisées, humides, délicates, fraîches et veloutées comme de l'eau de source, combinée à des effluves plus âpres et plus chauds, la pierre brûlée des décombres encore fumants et le fumet gras, chaleureux des *ćevapi* grillant sur le barbecue... Il voudrait enflaconner la Bosnie comme le reste du monde, c'est ça, le trip ultime, un monde dans un flacon, un vrai flacon concret rempli par des parcelles de son cerveau en ébullition.

Ju' tourne la tête vers lui, clope dans la main droite, ç'qui s'rait vraiment tripant mon Sylvou, tsé pas quoi, enflaconner des *gens*... Il hausse les sourcils par-dessus son vin, la cervelle aux aguets, des *gens* ? Les gens, c'est son trip à elle, Ju', ils la fascinent et elle les méprise simultanément mais ne se lasse jamais d'en parler, de les décortiquer, les disséquer avec comme bistouri sa langue acérée. Alors c'est vraiment une idée à la Ju'. Elle continue, tu m'as bien dit qu'le parfum y s'adapte toujours à la peau de n'importe quel gusse qui le porte, et qu'du coup, c'est jamais *exactement* l'même parfum ? Il hoche la tête, se souvient en effet que ça l'avait fascinée, ce truc, le coup de la mystérieuse alchimie entre le parfum et l'épiderme humain. Ben imagine mon Sylvou qu'on pousse la logique jusqu'à l'extra-pôle et qu'le parfum y s'adapte pas seulement à ton écorce mais que carrément y t'épouse tout entier, et genre paf !, ça t'fait toi-même dans un flacon, tu vois l'délire ?

Il asphyxie. Les tentacules odorants obstruent complètement sa gorge et son nez, toutes ces vannes qui permettent de respirer, ils les enserrent de leurs ventouses venimeuses, et il étouffe, asphyxie, agonise, ne respire plus que des remugles de pneus brûlés, il crève à petits feux, ne peut plus... r... respirer...

Il s'éveilla brutalement, trempé et hoquetant, se redressa paniqué dans son lit. Autour de lui se matérialisa, dans l'obscurité, la blancheur aseptisée d'une chambre funéraire. Il reprit difficilement son souffle, quelques secondes, retomba lourdement sur l'oreiller, et replongea aussitôt.

Il inspire profondément, une inspiration goulue et légère, aérienne, il se sent presque voler et en même temps enraciné, plus solidement enraciné qu'il ne l'a peut-être jamais été.

Il l'a apprécié, ça s'est senti, l'a trouvé *sensible et poétique*, Sylvain se répète les mots avec une pointe d'orgueil, *sensible et poétique*, c'est positif, ça, non ?, en tout cas c'est d'accord, il le prend. Un stage de six mois. Il l'a accepté, lui, un gamin de vingt-deux ans paralysé de timidité – qui plus est accusant une gueule de bois quelque peu carabinée –, un banal étudiant en chimie fraîchement diplômé, sans félicitations du jury, et dont les contacts avec le monde de la parfumerie se résument à des recherches passionnées et des rêves d'enfant avidement nourris et polis au fil du temps.

Sylvain a appelé ses parents, euphorique, et puis aussi Ju', bien sûr, tout ça c'est grâce à elle, dans le fond. Sans elle il n'aurait sans doute jamais osé contacter Jean-Claude Ellena, et encore moins insister par tous les moyens pour obtenir une réponse ; il serait probablement resté englué dans son admiration paralysante, s'il n'y avait pas eu Ju' pour lui botter le cul.

Elle a hurlé à l'autre bout du fil, p'tain j'en étais SÛRE mon Sylvou, j'en étais sûre !, et ajouté qu'elle arrivait fissa. Elle s'était posée dans le centre-ville de Grasse en l'attendant – il n'a pas le permis, c'est elle qui l'a conduit à moto jusqu'au fief du parfumeur, niché au milieu des pinèdes de l'arrière-pays cannois. Ok mais pas trop fissa quand même, hein, a fait Sylvain en riant, il la connaît, la conduite de Ju', déjà en temps normal on dirait celle d'un pilote de rallye sous acide, donc version « fissa » il n'ose pas imaginer.

Dans l'intermède, il fait les cent pas sur le bord de la route. La chaleur est écrasante, il se sent dégouliner sous sa chemise, heureusement qu'il y a les pins pour rafraîchir très légèrement l'air desséché, en même temps qu'ils l'embaument. Il rejoue mentalement la scène de son entrevue avec Ellena, gonflé d'une joie galvanisante, pris soudain d'une soif ardente de création. Cette soif, il l'a toujours ressentie, mais maintenant que s'ouvre devant lui un monde de possibilités concrètes, il voudrait tout réaliser, tout de suite, donner immédiatement corps et vie à tous ces parfums qui flottent dans son crâne, les extirper enfin de son liquide amniotique intérieur pour les confronter à l'oxygène extérieur, il n'a plus peur, ou presque plus. Car, parallèlement, une nouvelle vague d'anxiété commence à le submerger. Et s'il s'avère qu'il n'est pas à la hauteur ? Si ses futures compositions ne fonctionnent pas, ne plaisent pas, tombent à plat ? Si on lui a entrouvert une porte sur la base de promesses et d'un potentiel qu'il ne sera finalement pas capable de tenir ?

Le crissement strident des pneus de la moto de Ju' qui s'arrête en fanfare à côté de lui l'extirpe de ses réflexions. Elle saute de l'engin et saute sur lui, le serrant dans ses bras massifs jusqu'à l'étouffer, il rit, doucement Ju' doucement, sent sa sueur aigre et les relents d'alcool, elle pue le sauternes à plein nez. Il recule et fronce les sourcils, putain Ju' qu'est-ce que t'as foutu pendant une heure, me dis pas que t'as eu le temps de te murger la gueule encore une fois ! Elle se marre, relaaaax mon Sylvou, j'*maîtrise,* allez viens on va fêter ça, direction Grasse mon choupinou, entre-temps j'me suis fait poto avec le patron du *Lavandier* et y nous attend d'pied ferme, un truc pareil ça s'arrose, bordel de dieu ! Il est sceptique. Elle est déjà trop imbibée pour avoir besoin de s'arroser davantage, c'est certain ; il hésite à appeler un taxi, mais ça va coûter la peau du cul, et qu'est-ce qu'on va faire de la moto... et puis Grasse c'est juste à côté, toujours mieux que l'heure et demie de route qui les sépare de la bastide des parents. Vu son état, ça reste sans doute la meilleure option. Alors il cède et grimpe sur la moto derrière la conductrice – il n'a, de toute façon, jamais su lui dire non.

L'air leur fouette le visage, une caresse chaude au parfum de garrigue qu'il avale avec gourmandise. Il ne veut pas voir que Ju' conduit vite, trop vite, comme toujours, une fusée qui s'élance dans le virage en épingle.

Et puis, le choc.

Il ne l'a pas senti venir.

Brutal.

L'explosion fait vriller ses tympans, il sent son corps propulsé dans les airs, quelques millièmes de seconde en apesanteur avant de retomber lourdement. L'arrière de son crâne heurte violemment le sol. La dernière chose qui pénètre dans ses narines est un souffle âcre de caoutchouc brûlé.

Ensuite, le trou noir.

25

« Au fait, j'ai fini votre confiture ce matin, elle était vraiment délicieuse ! »

Ça ne lui arracha même pas un sourire. « Tant mieux alors », se contenta-t-il de grommeler, les yeux rivés sur la route. Sous lesdits yeux, des cernes de raton laveur attestaient qu'il n'avait probablement pas passé la meilleure des nuits – comme souvent en ce moment, d'ailleurs.

Dans les haut-parleurs du téléphone d'Alice, Freddie Mercury et ses comparses scandaient avec énergie *keep yourself alive, keep yourself aliii-iiive,* ça le laissait également de marbre. Aujourd'hui il était de toute évidence sur un mode forteresse hermétique, mais elle ne comptait pas lâcher l'affaire pour autant. C'était devenu son grand passe-temps lors des trajets en fourgon : elle épiait les réactions de Sylvain à la musique, comme un chercheur inocule divers produits dans le corps de ses souris de laboratoire pour en observer minutieusement les effets. *De facto,* très peu parvenaient à lui extorquer une quelconque réponse émotionnelle ; outre Claude François qui l'exaspérait, Janis Joplin qui semblait le plonger de plus belle dans son vortex, et le petit sourire triste qui était apparu sur ses lèvres en écoutant *Mon amie la rose* de Françoise Hardy, le reste s'avérait tellement ténu qu'on pouvait difficilement en tirer des conclusions significatives.

Cette fois encore, elle tâtonna donc quelque temps avant de dénicher la perle qui lui soutirerait une once de réaction, laquelle surgit finalement grâce à un fameux aigle noir.

...C'est alors que je l'ai reconnu
Surgissant du passé, il m'était revenu...

Les doigts de Sylvain se crispèrent sur le volant. Et tandis que Barbara, de sa voix vibrante et frémissante comme le bruissement d'ailes de son poétique rapace, implorait l'oiseau de l'emmener, l'emporter au pays d'autrefois, Alice vit sur le visage du conducteur tomber l'ombre de l'aigle noir. Son aigle à lui, dont elle avait déjà aperçu la silhouette sans jamais pouvoir en saisir précisément les contours.

Cette chanson aussi produisait donc un effet vortex indéniable. Bon à savoir, Alice le nota dans son carnet mental.

Elle s'étira, allongea nonchalamment les jambes devant elle sans cesser de scruter son voisin, dans l'attente de nouvelles, bien qu'infimes, évolutions faciales. Sylvain était comme sa mère : il ne parlait pas, il signait, ou plutôt signifiait, et elle s'évertuait toute la journée à interpréter ses signes.

Dans la signalétique de Sylvain Bragonard, le rythme auquel il ingérait ses pastilles au menthol fournissait ainsi un indicateur infaillible de son degré de nervosité, et ce rythme, constatait Alice sans surprise, s'avérait aujourd'hui particulièrement effréné – elle se demanda brièvement, au passage, quelle quantité de sucre il s'injectait quotidiennement dans les artères avec ces machins.

« Ça va pas… ? » s'avança-t-elle alors qu'il entamait sa troisième boîte, à seulement dix heures du matin.

Un grognement elliptique lui répondit. Elle n'insista pas, reporta son attention sur la route qui s'étalait devant eux, une route de banlieue sans charme, encadrée d'immeubles grisâtres.

« …Et sinon, vous prenez jamais de vacances ? »

Vacances : terme pour lui aussi abstrait que l'étaient pour Alice les concepts d'enfleurage ou de distillation.

« Pour quoi faire ?

— Ben, je sais pas. Voyager, se reposer… glander… »

Faire comme les gens normaux, quoi – chose qui manifestement n'intéressait pas plus l'embaumeur que le paysage qui les entourait, que son œil parcourait sans voir, les pupilles entièrement tournées, en réalité, vers ses propres profondeurs.

Cette fois il ne daigna même pas répondre et elle renonça, se renfonça dans son siège en se laissant bercer par la voix de Barbara, *un beau jour une nuit, près d'un lac, endormie…*

Le regard d'Alice glissa vers la vitre. Dehors il faisait une chaleur étouffante, d'une lourdeur d'orage, heureusement qu'il y avait la clim'.

Quoiqu'en fait, elle aurait bien ouvert un peu la fenêtre, ça finissait par être encore plus pénible que la chaleur, cette odeur qui flottait dans l'habitacle depuis tout à l'heure. Le conducteur ne réagissant pas, elle n'avait pas jugé utile de le mentionner jusqu'à présent. Mais ça schlinguait de plus en plus, et commençait quand même à devenir un chouïa inquiétant.

« Ça sent bizarre, vous trouvez pas ? » finit-elle par avancer, d'un ton prudent.

Il tourna la tête vers elle, si vivement qu'elle en sursauta presque.

« Quoi, qu'est-ce que ça sent ?

— Vous sentez pas ? »

Il planta sur elle son regard opaque, articula d'une voix brusque, métallique :

« Décrivez-moi comment ça sent.

— Ben, le cramé... Ça sent vraiment fort », précisa-t-elle.

Un pli soucieux barrait le front de Sylvain, son visage était pâle et tendu.

« Ouvrez la fenêtre. »

Alice s'exécuta.

« Est-ce que ça sent à l'extérieur aussi ? »

Elle passa la tête dehors.

« Ouais, un peu... Mais pas autant qu'à l'intérieur.

— Quel type de cramé ? Huile bouillante ou caoutchouc ?

— Euh, je sais pas... »

Ces questions la déconcertaient, il s'impatientait, et sa voix prit des intonations encore plus rêches :

« Comment ça, vous savez pas ? Répondez. C'est pas compliqué. Odeur grasse et écœurante comme du graillon de cuisine, ou bien plus sèche et chimique façon plastique brûlé ?

— Euh, je suis pas sûre mais plutôt la deuxième, je dirais... »

Il cracha un juron et arrêta brutalement la camionnette sur le bas-côté. Ils descendirent du véhicule, l'examinèrent sous toutes ses coutures sans rien déceler d'anormal, remontèrent à l'intérieur.

« Bon, marmonna sèchement Sylvain, c'est peut-être un problème d'embrayage. On va redémarrer doucement, et vous me dites dès que l'odeur réapparaît. D'accord ? »

Ils repartirent prudemment, elle le guidait par la voix, là ça va, ah par contre là ça recommence à sentir un peu, là ça sent vraiment fort... Ils s'arrêtèrent de nouveau quelques instants, se remirent en route, ça allait mieux, l'odeur ne reparut pas. Cinq minutes, puis dix, puis quinze.

« Je crois que c'est bon, c'est parti maintenant.

— Vous êtes sûre ?

— Je suis sûre, ouais. Enfin en tout cas, ça fait un quart d'heure qu'il y a plus rien. »

Il parut se détendre très légèrement, s'appuya contre le dossier et reprit un bonbon à la menthe, son regard contournant soigneusement celui d'Alice.

Ni l'un ni l'autre n'ouvrirent plus la bouche jusqu'à la fin du trajet.

26

Le fil traversait les cloisons nasales pour passer sous le menton, achevant de garantir que la bouche resterait hermétiquement fermée.

Sylvain appliqua le fond de teint avec concentration, le fil devait être parfaitement invisible ; ce n'était cependant pas la partie la plus technique (comparée, par exemple, à l'opération de déshabillage sur des corps lourds et roidis). Après quasiment dix ans de pratique, il était devenu maître dans l'art de la dissimulation. La dissimulation, et surtout l'illusion : l'embaumeur était, au premier chef, un illusionniste. Tout comme, en parfumerie, la juxtaposition d'éthyl-maltol et de fructone, deux composés synthétiques, recrée par l'artifice l'odeur naturelle de la fraise, il s'agissait ici de créer l'apparence de la vie. L'enjeu principal consistait à trouver la bonne formule – celle qui permettrait de composer un masque plus réel que la réalité, ce masque de vie grâce auquel les gens allaient pouvoir faire leur deuil.

Ses gestes prirent un tour un peu rigide, il sentait peser sur lui le regard d'Alice depuis un coin de la pièce, et tentait sans succès d'en faire abstraction. Ce regard, intense et grave, plus scrutateur encore que d'habitude, le rendait nerveux, ses membres se raidissaient sous sa pression ; il s'évertuait à ne pas le croiser et à rester focalisé sur la dépouille.

C'était la dernière de la journée : une petite dame rachitique au visage vert et boursouflé. Alice avait déjà vu ce cas de figure en compagnie d'un autre thanatopracteur, transformation apparemment due à une bactérie présente dans l'oxygène, lui avait-on expliqué. Ça demandait donc un peu de boulot, que Sylvain exécuta avec son intensité habituelle, et en silence. Depuis ce matin et l'épisode de la camionnette, il n'avait visiblement plus le cœur à parler d'odeurs. Elle avait bien essayé de le lancer, timidement ; cette fois, cependant, il n'avait pas réagi, et les parfums des défunts étaient restés cloîtrés dans son espace mental. Une gêne confuse s'était immiscée entre eux, qu'Alice essayait vainement de dissiper, mais que le mutisme de Sylvain contribuait à épaissir encore davantage.

Et elle tournait et retournait dans sa tête les pièces du puzzle, cadavres, parfums, parfumeur, accident, pastille à la menthe forte, eau chaude et pain carbonisé, et puis cette scène si surprenante dans le fourgon ce matin, cet homme sachant sentir ce que personne d'autre ne sent – le parfum des morts – et pourtant incapable de percevoir l'âcre puanteur d'un moteur en surchauffe. Et il en manquait une, oui, elle le sentait, une ultime pièce sur laquelle elle ne parvenait pas précisément à mettre la main – un trou à combler pour donner enfin un sens au puzzle de Sylvain.

Un sens.

Un sens.

Un sens !

Et brusquement, devant Sylvain penché, narines dilatées, sur le cadavre, elle vit, elle comprit.

Un sens. Mais bien sûr.

Elle, Alice, fille de sourde, comprenait maintenant cet écho étrange que la scène de la camionnette odorante avait éveillé en elle. Ses vieux réflexes de guide face à quelqu'un qui n'a pas ou plus tous ses sens : sa mère dont, pendant des années, elle avait été les oreilles, et à présent Sylvain dont, un bref instant – celui du voile qui se déchire sur un drame intime –, elle avait été le nez. Ce nez qu'il n'avait plus. Ce nez qui n'existait plus que dans les volutes de son imagination nourrie de souvenirs, plus que pour les morts, alors que la vie elle-même était devenue inodore.

C'était donc ça. La pièce manquante. Manquante comme l'odorat de Sylvain.

Elle l'observa avec une attention renouvelée, le regard teinté d'une douceur inédite. Lui était toujours tendu et mutique, absorbé dans ses soins. Le visage de la morte avait dégonflé et retrouvé une teinte normale : il revenait progressivement, sous les touches de pinceau de l'embaumeur, à une forme de vie. Le corps avait été purgé, vidé de ses gaz et de ses fluides, rempli de liquide de conservation, tous les orifices comblés, les incisions suturées. Sylvain appliqua sur les paupières un ultime coup de crayon, coiffa tendrement les cheveux blancs et neigeux de la dame, recula de quelques pas pour juger du résultat final, rectifia un ou deux détails et annonça que c'était terminé.

La famille entra dans la chambre. Il y avait la sœur de la défunte, sa fille et le mari de celle-ci, tous trois jetèrent un coup d'œil au corps et leurs visages endeuillés s'éclairèrent. Ils remercièrent chaleureusement Sylvain, dont la propre face resta sans expression, si ce n'est la sobre et morne tristesse qui semblait incrustée dans ses traits.

Alice, elle, était toujours émue devant cette étincelle qui s'allumait dans le regard des proches en découvrant le corps embaumé. Une étincelle de double reconnaissance : reconnaissance envers le thanatopracteur, mais aussi reconnaissance de leur mère, père, frère, sœur ou ami étalé sur le lit, personne qui leur était à nouveau devenue familière, qu'ils pourraient conserver comme telle en mémoire, et non comme une charogne anonymisée par la mort. Car c'était finalement tout l'enjeu de l'opération, songea-t-elle, la mémoire... Parvenir à graver dans les souvenirs des proches une dernière image du défunt qui, paradoxalement, soit une image de vie.

À ce titre, Sylvain travaillait particulièrement bien, il fallait l'admettre. À vrai dire, Alice n'avait encore jamais rencontré un thanatopracteur qui fît mal son boulot ; ils étaient tous, chacun à leur façon, consciencieux et passionnés. Mais, dans les corps traités par Sylvain, il y avait comme un petit supplément d'âme, quelque chose d'indicible qui dépassait la simple maîtrise technique.

Alice savait, plus que jamais, que c'était grâce aux parfums, ces fameux parfums virtuels qui constituaient le fil rouge de toute sa pratique : il pénétrait en chaque mort par le biais d'un imaginaire odorant, semblait en distiller l'essence, l'extraire et en imprégner ensuite le cadavre par d'infimes détails égrenés tout au long de ses gestes. C'était une certaine teinte de peau, une certaine façon de se coiffer, de se maquiller, de disposer ses bras, une certaine expression qui ressortait par le modelage du visage et qui *collait*, elle ne savait pas trop comment l'expliquer, mais à voir la tête des proches devant la dépouille, eux aussi trouvaient manifestement que ça collait.

Ils sortirent en silence de la résidence, un de ces groupements d'immeubles proprets des années soixante-dix qui accusaient difficilement le poids des années. Il faisait vraiment une chaleur à crever, le ciel était lourd et chargé, Alice se demanda quand est-ce que ça allait péter.

Devant la figure morne et songeuse de Sylvain, elle hésita, puis soudain :

« Vous voulez qu'on aille chez moi ? »

Il tourna la tête, posa les yeux sur elle pour la première fois depuis ce matin.

« Chez vous… ? »

Son ton sous-entendait : pour quoi faire ?

« Euh, non… non merci… je vais rentrer… »

Il était bizarre, absent, paraissait soudain vidé de toute énergie, ne laissant même pas transparaître de perplexité ni son habituelle nervosité, ç'en était presque inquiétant.

La voix d'Alice se fit suppliante.

« Allez, s'il vous plaît ! »

Elle sourit.

« Je vous invite. J'ai envie de passer une soirée avec vous.

— Pourquoi ?

— Est-ce qu'il y a besoin d'une raison ? J'ai envie, c'est tout. Venez, s'il vous plaît… »

Il continuait de la regarder et dans ses yeux elle lisait son tiraillement teinté de détresse, il était perdu, ne savait pas, ne savait plus rien, à part rester planté là, indécis, au beau milieu du trottoir. Elle, elle savait qu'il ne disait jamais vraiment non, qu'il fallait simplement décider à sa place, et son sourire s'élargit :

« Allez, on y va. »

27

« Vous voulez boire quelque chose ? »

Il était planté au milieu de la pièce comme un peu plus tôt au milieu du trottoir, avait enlevé sa veste, retroussé ses manches et desserré son nœud de cravate – c'était vraiment la fournaise dans ce studio – mais n'en paraissait pas moins aussi raide et guindé, aussi embarrassé et un tantinet paumé. Se demandant manifestement pourquoi il l'avait suivie et ce qu'il foutait ici, et s'exaspérant de ne trouver aucune réponse rationnelle à cette interrogation légitime.

« Non merci, ça ira…

— J'ai du porto, si vous voulez ! »

Elle surprit son regard anxieux.

« Vous en faites pas, c'est pas du très bon porto, juste un truc de supermarché. Pas vraiment de saveur, simplement du sucre… donc vous perdez rien, on sentira la même chose. »

Il la fixa. Quelque chose s'était bloqué dans sa gorge, il ne savait pas quoi, c'était une sensation extrêmement étrange, il se contenta de garder les yeux sur Alice pendant plusieurs secondes, incapable d'émettre le moindre son. Puis finit par hocher la tête.

Le sourire d'Alice se fit encore plus franc, c'était un sourire assez doux et empreint de connivence, elle remplit deux verres de porto et lui en tendit un :

« À la vôtre ! »

Les lèvres de Sylvain parvinrent enfin à se décoincer légèrement et il esquissa à son tour un sourire, un petit sourire rouillé qui ressemblait presque à une grimace.

Ils trinquèrent et il porta le verre à sa bouche. Elle avait raison, c'était sucré, velouté, une caresse au fond du gosier, chaude comme le vinaigre mais infiniment plus douce, plus soyeuse et enveloppante.

« Alors ? Vous en pensez quoi ? C'est mieux que la Kro ? »

Elle vida le verre d'un trait, s'exclama :

« Moi en tout cas j'adore ça ! »

Sur quoi elle se resservit, saisit son portable, alluma l'enceinte bluetooth qui s'éveilla dans un *bilip* docile et lança *La Danse macabre* de Saint-Saëns :

« Ça, c'est en votre honneur... parce que vous aussi, vous faites danser les morts. »

Les premières notes retentirent, les douze coups de harpe, les grincements un peu stridents du violoncelle annonçant la Mort qui débarque *crescendo*, d'abord à pas discrets puis en fanfare, accompagnée de son cortège de violons.

Alice se mit à danser à travers l'appartement exigu, elle valsait, son verre de porto à la main, et Sylvain la regardait, elle dansait les yeux fermés, presque en transe – mais pas comme Ju', non, vraiment pas, c'était beaucoup plus léger, aérien, moins sauvage et enragé... Malgré tout, il y avait quelque chose qui les liait, une sorte de mouvement perpétuel, de refus viscéral de l'immobilité. Et il se demandait quand même à quoi ça tenait, la présence de la mort chez ces personnes si vivantes, c'était curieux, cette attirance macabre, Ju' qui jouait en permanence avec le feu et Alice qui passe ses journées avec des thanatos, c'était quoi, comme un besoin de voir la mort en face pour se sentir encore plus vivant ? Oui, Ju', la mort elle jouait avec pour mieux la sentir, elle la tâtait et la touchait du bout du doigt, et Alice, pour mieux la sentir, elle la regardait bien en face, comme elle regardait le reste du monde, d'un regard droit et franc. Et il se disait en tripotant son verre de porto que c'était peut-être ça qui les rendait vivantes, justement. Après tout, est-ce qu'on pouvait vraiment être vivant sans avoir accepté la part de mort, le potentiel de mort qui traîne en soi, sans avoir, toujours en arrière-goût au fond de la bouche, une vague saveur sépulcrale ?

Elle tendit brusquement l'oreille, arrêta la danse macabre, l'air soudain excité.

« Ah, ça y est, ça commence ! »

Il la fixa sans comprendre.

« La pluie ! »

Elle précisa :

« C'est l'orage qui démarre, j'adore ça, le bruit de l'averse sur les toits... Vous entendez ? »

En effet, la pluie commençait à marteler la toiture, de plus en plus fort, un solo de batterie tout autour du studio, ensevelissant celui-ci sous un grondement niagaresque. Alice semblait émerveillée.

« Si ça c'est pas de la musique, et même une des plus belles… »

Elle entrouvrit le velux, passa son bras à l'extérieur. Encore un truc qu'elle adorait, laisser les gouttes frapper et pénétrer sa peau nue ; elle ne savait pas quel type de produit lui injectaient ces froides aiguilles liquides, mais s'ouvrait le cœur joyeux à l'overdose.

L'averse cessa aussi brusquement qu'elle était survenue. Alice rentra son bras, ferma la fenêtre et se replongea dans son téléphone. Elle ne revint pas à la danse macabre inachevée, passa aux Doors. Fallait pas chercher de lien, songea Sylvain, c'était toujours comme ça, un zapping imprévisible, des sauts de lapin d'un univers à l'autre – le lapin blanc d'Alice.

Ils s'assirent par terre, appuyés contre le lit, tous les trois, Alice, Sylvain et entre eux la bouteille de porto. Ils ne parlaient pas, seule la musique d'Alice remplissait l'espace, les incantations de Jim Morrison sur fond de guitare électrique un peu planante, *this is the end, my only friend, the end…*, un son lent, intense et contemplatif, rythmé par un balancier régulier, ils se laissaient porter par ce son comme par le mouvement de flanc d'un cheval qui se promène à travers une steppe brûlée par le soleil

– cheval dont on sait très bien que, derrière son apparente placidité, il est à tout instant prêt à s'emballer. Alice fermait les yeux et elle les sentait presque, la chaleur du cheval sous ses cuisses, son poil dru et lisse, le vent sec balayant ce paysage semi-désertique où poussaient, çà et là, quelques cactus et genêts clairsemés entre lesquels se faufilaient les lézards…

Elle attendit les toutes dernières notes, puis rouvrit les yeux et se propulsa de nouveau, avec son invité, dans un autre univers. Celui, poétique et malicieux, de Chapelier Fou, moins trash et tout aussi expérimental, Chapelier Fou ce n'était plus les grands espaces bruts des Doors mais plutôt un univers aquatique, une bulle intimiste et minimaliste où l'épaisseur tangible des instruments acoustiques se mêle à la modernité cérébrale de l'électro. Ils voyagèrent dans les contrées opaques, sinueuses et sautillantes des *Métamorphoses du vide,* puis remontèrent à la surface *Entendre la forêt qui pousse*. Alice se laissait bercer par les titres de ces morceaux autant que par la musique, seuls mots dans des capsules uniquement instrumentales – des poèmes de musique, les morceaux de Chapelier Fou, oui, c'était ça, des fragments du monde capturés et reconstitués en version musicale, des bribes de monde réel et de pensée pure mélangées dans un flacon sonore.

À côté d'elle, Sylvain restait muet et pensif devant cette avalanche musicale.

« Fermez les yeux, lui intima-t-elle.

— …Pourquoi ?

— Juste fermez les yeux. Vous verrez, ça marche mieux. »

Ça marche mieux quoi ? Il n'aimait pas ça, fermer les yeux, vraiment pas, mais elle avait l'air convaincu et convaincant, il finit par obéir en renâclant.

« Alors, vous l'entendez ? La forêt qui pousse ? »

Des notes de piano légères, limpides, et puis les épaisseurs qui se rajoutent, le chant frémissant du violon, les sautillements aériens du xylophone en arrière-plan, des doigts qui courent sur une harpe, tout un ensemble vivant et bruissant, qui dans leurs oreilles ondulait discrètement.

« Gardez les yeux fermés et écoutez-la... la forêt qui pousse... sentez-la... »

En tâtonnant elle posa sa main sur celle de Sylvain. Il tressaillit à ce contact chaud, rouvrit brutalement les yeux et retira sa main. Ça ne sembla pas troubler Alice, plongée dans sa forêt, elle s'était déjà enfilé la moitié de la bouteille de porto.

Il demeura là le cul par terre, les yeux grand ouverts sur ce petit appartement encombré.

Un abîme de présent s'était ouvert sous ses pieds, et avec lui un vertige infini ; il sentait la panique monter, envahir dangereusement sa cage thoracique, respire Sylvain respire, un-deux un-deux, oui c'est ça. Il promena sur la pièce un regard de noyé, se raccrocher à tout ce qu'on pouvait, la moindre racine pour ne pas tomber dans l'abîme, il n'y avait rien, rien qu'Alice et ses yeux s'y accrochèrent, faute de mieux, il regarda cette fille qui passait de la variété sirupeuse à l'électro alternatif avec des crochets impromptus par le métal et la samba, cette fille qui avait débarqué dans sa mort avec son sac rempli de sons, une vagabonde qui naviguait entre les mondes, fureteuse et désinvolte, prélevant en chacun ce qui l'intéressait pour en constituer son propre patchwork, semblant épouser leurs formes respectives sans jamais distordre pleinement la sienne.

Et le vertige à nouveau l'envahit, ne pas la regarder, non, encore pire... Il ferma les yeux et c'est le passé qui soudain resurgit, *on joue au jeu du nez sans yeux ?* C'était toujours elle qui voulait y jouer, Aude, au jeu du nez sans yeux, même si elle perdait systématiquement, ça ne paraissait pas la déranger outre mesure, et lui se délectait à surjouer l'auguste magnanimité du frère aîné, laissant traîner sa réponse, booon, *d'accord,* mais juste une fois, une dernière fois... et juste une fois, une dernière fois, elle lui bandait les yeux de ses petites mains euphoriques et maladroites, faisait défiler sous ses narines une farandole de senteurs diverses qu'il fallait deviner. Il devinait toujours, il était imbattable et tous les deux le savaient, ça n'empêchait pas Aude de crier ensuite à mon tour, à mon tour ! et ils renouvelaient éternellement cette comédie, comme un rituel païen de fraternité autour d'un totem-nez.

La douleur vrilla le corps de Sylvain, il entendait presque le craquement à l'intérieur de sa poitrine, non, pas ça, pas ça non plus, évacuer, évacuer, ce n'était pas mieux que l'abîme du présent... Il se sentait en équilibre instable sur une corniche entre deux abysses, prêt à basculer dans l'un ou l'autre, d'un simple souffle, battant les bras dans le vide, il lui fallait absolument une racine, quelque chose. Et le violon de Chapelier Fou pénétra dans son oreille, il s'y cramponna, avec la vigueur du désespoir, c'était quoi déjà ? la forêt qui pousse ? la forêt qui pousse... La forêt qui pousse, c'était les senteurs fraîches et délicates des tiges bourgeonnantes, l'odeur chyprée du lichen qui grignote les troncs, l'arôme de terre humide de la jeune mousse qui s'étale langoureusement au sol dans toute la douceur de son vert tendre et celui des champignons qui sortent timidement de l'humus leurs fragiles têtes corollées, c'était la fragrance vigoureuse et juvénile des fougères qui se déploient et celle, plus chaude et plus dense, des arbres qui croissent avec tranquillité en secrétant leur résine. C'était le doux confort du piano qui recouvre le fond de la forêt comme un tapis de mousse, la légèreté du xylophone qui saute d'arbre en arbre comme s'ouvrent un à un les bourgeons en répandant leurs effluves, la vigueur frémissante des fougères dans le son du violon.

Alice rouvrit les yeux. Sylvain, à ses côtés, paraissait intensément absorbé par la musique, paupières fermées et tête appuyée contre le lit ; ça la fit sourire, elle se resservit du porto, attendit les derniers bruissements de la forêt et sauta de deux siècles sans transition, attaquant la Neuvième Symphonie.

L'alcool l'avait alanguie et elle se sentait plonger dans une douce torpeur, flotter par-dessus l'orchestre qui la portait, la soulevait dans les airs de toute sa puissance.

« Mon petit préféré, Beethoven…, articula-t-elle d'une voix quelque peu vaporeuse lorsqu'ils furent arrivés à l'Hymne à la joie. Tu sais pourquoi ? »

Sylvain ne se formalisa pas de ce brusque passage au tutoiement, il mit ça sur le compte du porto, et secoua la tête. Elle se tortilla sur quelques centimètres pour se rapprocher de lui.

« Parce qu'il était sourd, Beethoven. T'imagines un peu ça ? Un musicien qui perd l'ouïe… et qui continue de créer quand même. Celle-ci, il l'a composée quand il était déjà complètement sourd, c'est pas dingue, ça ? Toutes les notes elles étaient dans sa tête, et il a composé une putain de symphonie entière *dans sa tête,* sans jamais pouvoir l'écouter. Moi, je trouve ça assez dingue. Pas la symphonie, enfin si, bien sûr – mais le plus dingue, c'est surtout cette capacité de visualisation mentale, quoi… qui permet qu'on puisse continuer à créer même en ayant perdu le sens qui est censé être à l'origine de la création… tu vois ce que je veux dire ? »

Sa voix commençait à être carrément pâteuse. Sylvain resta muet, figé à côté d'elle. Elle s'approcha encore plus près.

« Toi aussi, hein ?… T'es pas Beethov', j'sais bien… Est pas un génie musical qui veut, hein… Mais, j'veux dire… à ta façon toi aussi tu continues à composer, même si y'a plus d'odeurs autour de toi, elles sont toujours à l'intérieur, les odeurs… et tu composes avec… »

Elle posa la tête sur son épaule et s'y appuya, se blottissant contre lui comme un chat. Il ne bougea pas, raide et pétrifié, ne savait pas quoi faire d'elle et encore moins de son propre corps, il la regarda, bon sang elle n'allait quand même pas…

…ben si, c'était ça, elle s'était *endormie,* endormie *sur lui*, eh merde, génial, quel pétrin, qu'est-ce qu'il pouvait bien faire maintenant…

Il n'osait pas la réveiller, et finit par étendre le bras pour en entourer maladroitement ce corps chaud étalé le long de son flanc. Puis resta là, au summum de l'embarras, gorge nouée et une drôle de pression dans les profondeurs de l'abdomen, avec la respiration régulière d'Alice contre sa poitrine et, dans le fond, la Neuvième Symphonie de Beethoven qui martelait héroïquement ses dernières notes.

28

Le jour était déjà largement levé quand Alice sortit du sommeil. Elle était dans son lit, tout habillée, sous une fine couverture. Sylvain avait disparu. Elle regarda la couverture et ça la fit sourire, il l'avait couchée et bordée comme une enfant, elle trouvait ça assez touchant, l'imaginait la transporter et l'étendre sur le lit de ses gestes délicats, raides et embarrassés.

Elle s'extirpa paresseusement du matelas, se dirigea vers la cuisine à l'autre extrémité de la pièce, jetant un œil à son téléphone au passage. Ah oui, déjà dix heures, quand même… Elle vit les deux appels manqués affichés sur l'écran et son cœur se prit un petit shoot de stress, qui acheva de la réveiller complètement. Sa directrice de thèse.

Merde merde merde…

Quatre mois maintenant qu'Alice pratiquait avec assiduité la politique de l'autruche, fuyant l'université, ses éternels colloques, séminaires, « journées d'étude » entre initiés, et ignorant avec la plus grande application les mails de son encadrante. Laquelle, à la veille du mois d'août, avait de toute évidence commencé à s'inquiéter – ou bien à s'irriter franchement – du sort de sa doctorante mystérieusement évaporée dans la nature.

« Allô ? Alice ? Vous êtes vivante ?

— Allô bonjour, euh comment dire, faut croire que oui...

— Je commençais à croire que vous aviez épousé votre sujet avec un peu trop d'ardeur.

— J'ai un peu trop fait corps avec mon sujet ces derniers temps, c'est vrai, désolée, ajouta la thésarde, penaude.

— Bon ! Dans ce cas vous me raconterez votre résurrection. Lundi quatorze heures ? »

Le point d'interrogation était purement formel. Alice bredouilla un oui-oui-d'accord-entendu de gamine coupable, et l'autre raccrocha aussi sec. Affaire expédiée.

Problème : qu'est-ce que, bon sang, elle allait bien pouvoir lui raconter lundi ?

Elle se prépara un thé, mixture indispensable à la fluidification du trafic cérébral. Dans la bouilloire, l'eau entra en ébullition, comme là-haut, chez la propriétaire de la bouilloire, ça bouillonnait aussi. Voilà le souci : ce n'était pas qu'elle manquât de données de terrain, d'idées ou de pistes de réflexion, bien au contraire, ça partait dans tous les sens – ou plutôt non, justement, c'était en phase de distillation pour accéder à l'essence. Tout ça, dans le fond, c'était une histoire de perte de sens, et c'est par cette perte de sens qu'elle, Alice, avait finalement trouvé le sien.

Une affaire d'éphémère… oui, c'était ça.

Sur la table, la bouilloire trembla violemment avant de s'immobiliser dans un *clic* interrogatif. Éphémère ? Comment ça, éphémère ? semblait demander la vapeur d'eau qui sortait en volutes touffues de son bec verseur.

Éphémère, oui. Alice aussi, comme un embaumeur, se sentait en permanence confrontée à l'impermanence. Son existence était cousue de provisoire, jalonnée de bonheurs fugaces, peinte de pigments fragiles destinés à un inéluctable effacement. Elle vivait sa vie dans un sas d'attente, une vie en CDD pour l'éternité. En toute chose elle ne voyait que le temporaire, laissait libre cours, sans se soucier outre mesure des planifications de très long terme, aux projets nés de sa seule curiosité, se gavait de musique comme si elle allait perdre l'ouïe à la minute prochaine, avalait le monde du regard avant qu'il ne se volatilise sous ses yeux, ne parlait, à chaque instant, dans chaque circonstance, qu'à des futurs cadavres. Une sorte de daltonisme existentiel, en somme, une déficience de la rétine teintant le monde entier aux couleurs de la mort.

Et cette angoisse sourde qui lui rongeait les entrailles, elle la prenait à bras-le-corps : comme le *mos Teutonicus* – décomposer les corps pour éviter la décomposition –, elle aussi guérissait le mal par le mal, le transitoire par le transitoire. Cette angoisse, chacun la gère comme il peut ;

elle, sa parade, c'était la fuite, une fuite en avant perpétuelle. Elle ne pouvait s'empêcher de tout plaquer régulièrement, de laisser derrière elle les choses et les gens, sans regret, sans remords, les pupilles fixées sur un horizon proche, s'efforçait de ne s'attacher réellement à rien ni personne, s'appliquait, pour tout, à faire en sorte de pouvoir vivre sans.

Elle versa l'eau bouillante dans la tasse, laissa infuser quelques instants, regard tourné vers le velux.

Pourtant, tout ça n'impliquait pas, à chaque fois, un retour à zéro. Non, pas du tout, au contraire : parallèlement, c'était aussi une lutte acharnée contre l'amnésie qu'elle menait en elle-même. Elle enfermait le transitoire de sa vie dans des flacons de mémoire, seule permanence dans l'éphémère ; et elle naviguait partout en trimballant ses flacons comme un kit de survie, ses précieux flacons que personne ne pourrait lui prendre tant que son cerveau resterait en état de marche, beaucoup plus solides, ancrés, consistants que la fragile et savoureuse évanescence du présent. Comme Sylvain, elle ne pouvait donc réellement s'attacher qu'à des fantômes : lui non plus n'avait pas la faculté d'oubli, son cerveau croulait sous un stock de flacons qui le maintenaient en vie, il se nourrissait de spectres parfumés pour pouvoir avancer malgré la perte de sens – et c'était sans doute pour ça qu'il la touchait tout particulièrement, cet homme si raide et solitaire.

Gorgée de thé brûlant. Ouais bon d'accord ma cocotte, magnifiquement formulé, et donc voilà ce que tu vas déblatérer lundi ? Désolée, c'est qu'entre-temps j'ai rencontré un parfumeur de morts privé d'odorat et fait ma psychanalyse ? Titre de la thèse : Le Sens de la Vie. Décryptage de moi par moi-même. Autopsie d'un nombril ? Encore mieux. Allez ma vieille, trêve de branlette : au boulot. Traduis-nous tout ça en un joli petit bousin scientifique. Langue des signes à langue des entendants et vice versa : l'interprétariat, ça te connaît. Simple formalité.

Elle posa la tasse sur le bureau, dans les quelques centimètres d'espace libre au milieu des livres et des paperasses, ouvrit un carnet vierge et, de ses notes en pattes de mouche, s'attela à la traduction.

29

« Et lui, comment tu crois que…

— Noyé », articula sèchement Sylvain, sans jeter le moindre regard vers elle.

Au moins, songea Alice avec dépit, cette fois il avait pris la peine de répondre – ce devait être le troisième mot prononcé depuis ce matin.

Penché sur la table de préparation, il appliqua soigneusement la dernière touche de cosmétique, puis transporta le petit corps jusqu'à la pièce adjacente, Alice sur les talons. Le cercueil trônait au milieu de la chambre funéraire, entouré des quelques chaises destinées à accueillir les proches conviés aux funérailles. Sylvain y déposa délicatement l'enfant, frêle silhouette dans son pyjama bleu, accompagné de la peluche lapin fournie par la famille avec les vêtements. C'était un garçonnet brun aux longs cils, la bouche fine laissée entrouverte pour plus de naturel, la peau pâle – mais n'ayant plus grand-chose en commun avec la dépouille bleutée, crispée, aux doigts et orteils intégralement pourpres, que l'ouverture de la housse avait dévoilé quelques heures plus tôt.

Alice observa l'embaumeur disposer les bras au fond du coffre de bois clair, l'un le long du corps, l'autre, replié sur la poitrine, serrant la peluche au creux du coude. Toute une mise en scène, à chaque fois, allant de l'éclairage de la pièce aux habits revêtus par le défunt. Avaient déjà défilé sous ses yeux de novice des atours aussi divers qu'une robe de marié, un boubou africain aux couleurs éclatantes, des costumes trop étroits, un kimono en soie, ou encore des maillots de foot à l'effigie de l'équipe préférée. La position du corps à l'intérieur du cercueil faisait elle-même l'objet d'une savante théâtralisation, dans les limites du cadre classique imparti.

Sylvain se redressa pour examiner son œuvre d'un œil critique, réajusta la peluche, pivota légèrement la tête de l'enfant vers la droite, avec l'attention minutieuse qu'un peintre apporte à l'accrochage de ses tableaux. Car c'était ça, dans le fond, pensa Alice en le regardant : chaque corps était un tableau serti dans son cadre de bois, une composition unique créée à partir d'un même matériau, d'une même technique, et répondant, à sa façon, à cette question essentielle d'artiste face à sa toile, de sculpteur devant son bloc de glaise ou de marbre : comment matérialiser le mouvement sur un support parfaitement immobile, comment donner vie à une matière inerte ?

L'embaumeur, entre-temps, avait enfin jugé le résultat satisfaisant, et bifurqua de nouveau vers le laboratoire pour y ranger ses instruments.

Conservant à l'égard d'Alice une parfaite indifférence.

Celle-ci le fixa avec désarroi. Glacial, il était glacial, depuis ce matin, depuis qu'il avait enfin daigné lui répondre après deux nouvelles semaines de brusque disparition. Cette fois, elle l'avait appelé à répétition, laissé des sms et des messages vocaux, oscillant entre inquiétude, désespoir, franche irritation et, toujours, incompréhension. Elle ne comprenait définitivement pas ce qui se produisait dans la boîte crânienne de Sylvain, et ça la frustrait plus que tout ; elle se perdait dans ses méandres et dans l'incohérence de sa conduite, ses perches tendues puis brutalement retirées, ses montagnes russes d'ouvertures timides et de rétractation par sursauts – une danse dont lui seul maîtrisait la chorégraphie, un pas en avant, deux pas en arrière, deux en avant, trois en arrière et rebelote, elle tentait de suivre mais s'emmêlait les pieds, continuait pourtant de s'accrocher vaillamment, tout en sentant bien qu'elle risquait de s'y casser les dents. Mais elle ne pouvait s'en empêcher : plus un chaos lui résistait, et plus son désir d'y plonger s'accroissait.

Sylvain retira son équipement, boucla ses valises et se dirigea sans un mot vers la sortie du funérarium. Elle le suivit jusqu'à la porte puis, dehors, tendit une main hésitante vers son dos et esquissa une caresse à travers la veste.

Il fit volte-face, brutalement, le regard dur, la voix coupante comme son scalpel :

« Il y a plusieurs mois, tu m'as demandé de t'aider pour ton boulot, alors voilà : c'est fait. Maintenant termine-le, ton boulot, collecte les infos dont t'as besoin, prends tes notes et casse-toi. »

Sur ce, il lui tourna de nouveau le dos et reprit son chemin vers le fourgon. Alice lui attrapa le poignet, suppliante :

« Sylvain… »

Il se dégagea avec brusquerie. La froideur avait laissé place à un tsunami de fureur, qui jaillit sans prévenir :

« Qu'est-ce que tu veux de moi, Alice ? Qu'est-ce que tu cherches, hein ? »

Quelques passants leur jetèrent des œillades inquiètes ; il poursuivit, le regard étincelant de rage, devant Alice interdite :

« Qu'est-ce que tu cherches ? Dis-le ! À te donner bonne conscience en distribuant ta compassion ? Mais j'en veux pas, de ta pitié de merde, tu m'entends ?! J'en veux pas de ta pitié de merde ! »

Elle le fixait, pantoise. Qu'est-ce qui se passait dans sa tête, bon sang, mais qu'est-ce qui se passait dans sa foutue tête alambiquée…

« Je n'ai absolument pas pitié de toi, Sylvain, articula-t-elle fermement.

— Alors c'est quoi ? Hein ? Je suis quoi, un spécimen à étudier ? Un embaumeur handicapé, c'est fun, c'est *intéressant* ? Ça pimente ta putain de thèse ? »

Il n'était plus qu'à quelques centimètres d'Alice et lui crachait sa détresse à la figure :

« Tu vas tirer ce que tu veux de moi, et après te barrer, c'est ça ? C'est ça ?? Tu vas te barrer ? »

Elle le regarda, silencieuse, finit par lâcher, doucement :

« Peut-être… »

Il resta là, juste en face d'elle, le visage décomposé et le corps toujours tremblant de rage, et elle le fixait avec une douceur un peu triste. Elle aurait aimé lui apporter un démenti mais c'était impossible, elle le savait, ne se connaissait que trop bien, et le respectait trop pour tricoter un joli mensonge cache-misère auquel il n'aurait de toute façon pas cru. La réponse, il l'avait déjà en lui, il l'avait sentie, et elle n'allait pas lui faire l'insulte de vaporiser sur cette sobre vérité un minable désodorisant.

Elle fit un pas vers lui.

« Juste une rencontre, Sylvain… Juste une rencontre… »

Elle vit ses mots flotter dans les yeux de Sylvain, puis se faire aspirer par le vortex, se débattre et se noyer ; il tourna brusquement les talons, repartit avec ses malles remplies de désespoir, et dans son dos la voix claire d'Alice qui résonnait :

« T'en as pas marre de ne rencontrer que des morts ? Il serait peut-être temps de commencer à rencontrer des vivants… »

Sa marche s'accéléra, et la silhouette noire, quelques secondes plus tard, disparut au coin de la rue.

30

La porte claqua violemment, la veste voltigea dans les airs et le corps de Sylvain se propulsa dans l'appartement qu'il parcourut de long en large, d'un pas enragé. Ce corps était un véritable bloc de lave en fusion, une éruption brûlante et incontrôlée. Il s'élança vers la bouteille de vinaigre, l'antidote alcoolique de Ju' contre les incendies intérieurs, s'en servit un verre d'une main tremblante, puis un deuxième ; ça ne fit que carboniser encore davantage ses entrailles, pas étonnant, ce truc n'avait jamais fonctionné sur lui, ça ne le calmait pas du tout. Il se rabattit sur le lait concentré, en général d'une relative efficacité, son palais mutilé demeurait désespérément sourd à la saveur lactée mais il y avait au moins la texture, épaisse, onctueuse et sirupeuse, doux véhicule d'un pur shoot de sucre, plaisir régressif qui d'ordinaire suffisait à le détendre un tout petit peu. Mais pas cette fois-ci, non, ça non plus ça ne faisait rien, quatre tubes cinq tubes six tubes, ça ne réussit qu'à lui flanquer mal au cœur – mal au cœur, oui, en fait c'était ça le problème, son cœur de macchabée se remettait péniblement en branle et c'était atrocement douloureux, les deux ventricules en palpitant se heurtaient avec une violence à lui en perforer la poitrine ; il aurait préféré rester dans le néant paisible de sa mort, oui, indubitablement, tout plutôt que cette douleur-là. Oui, pitié, qu'on lui rende sa mort, sa précieuse mort, il n'avait rien à foutre dans le monde des vivants, c'était une évidence, d'ailleurs qu'est-ce qu'il pouvait bien faire de lui, ce monde des vivants... Qu'est-ce qu'on pouvait faire, dans ce monde-là, d'un type sans odorat – et de fait, presque sans goût non plus –, un type à qui il manquait près de deux sens sur cinq, et dont les mains n'avaient touché que des cadavres depuis quinze ans ?

Rien, non, rien, on ne pouvait rien en faire, de cet handicapé enflaconné, c'était peine perdue, il était mieux, bien mieux dans sa mort, il le savait depuis le début, de toute façon la vie pour lui était impossible, on le lui avait dit clairement il y a quinze ans, c'était sans rémission, sans rémission... Le traumatisme lui avait déchiré ses fils, arrachés net sous le choc, ces filets du nerf olfactif reliant le corps et l'esprit de Sylvain au monde des vivants. Depuis lors, son nez errait dans le vide atmosphérique, pauvre appendice isolé et stérile, privé de connexion avec son cerveau dont il constituait jadis, tout à la fois, la proue, la boussole et le radar ; et dans ce cerveau amputé de son radar, dans cette prison mentale flottaient, elles aussi condamnées à perpétuité, toutes les odeurs emmagasinées au cours des vingt-deux ans de sa présence au monde. Elles flottaient, ces odeurs, tournoyaient, se cognaient aux parois de sa boîte crânienne traumatisée, parfois l'étouffaient dans leur besoin désespéré de sortir, elles se glissaient en hallucinations jusqu'à son nez et sa gorge mais ne parvenaient jamais à avancer plus loin, à respirer l'air frais du dehors ; elles restaient irrémédiablement bloquées à l'intérieur, dans l'oxygène vicié de ce lieu clos où doucement, inexorablement, au fil des ans, elles s'étiolaient et se flétrissaient.

Car plus rien désormais ne venait l'irriguer, cette banque d'odeurs virtuelles, plus aucune nouveauté, plus aucun vent de fraîcheur, et les multiples senteurs qui la constituaient se desséchaient, se décomposaient, se diluaient peu à peu dans l'abstraction ; des molécules odorantes de plus en plus dématérialisées qu'il tentait, malgré tout, de continuer à manipuler dans des compositions de fortune, des parfums recyclés à base d'odeurs décomposées qui, à ce stade, ne tenaient même plus du cubisme, Picasso mon cul, finie la figuration, Sylvain savait que ses parfums n'entretenaient plus qu'un rapport très indirect avec la réalité olfactive du monde – réalité qu'il saisissait par d'autres biais et recomposait dans une forme, fictive et parfumée, d'expressionnisme abstrait...

Expressionnisme abstrait, wahou carrément, eh bah mon Sylvou ça va les chevilles, tu t'prends pour Jackson Pollock maintenant ?

Mais ta gueule, Ju', putain ! Ta gueule ! Ta gueule...

Et soudain il s'effondra en larmes au milieu de sa cuisine, devant la bouteille de vinaigre ouverte et les cadavres des tubes de lait concentré. Il pleurait avec une intensité qui le surprit lui-même, il ne pensait pas qu'il restait encore de l'eau dans ce corps desséché, croyait avoir tout vidé il y a quinze ans, mais non, il en restait encore, des trombes d'eau qui n'avaient pas été évacuées… C'est pour ça que ça ne marchait pas, les liquides n'avaient pas été bien drainés et la solution de conservation n'arrivait pas à circuler, c'étaient les larmes qui la bloquaient, ces vieilles larmes de deuil cachées dans les interstices de ses tissus. Il passait son temps à aider le deuil des autres mais n'avait jamais vraiment fait le sien, les siens – le deuil de Ju', le deuil de son nez et le deuil de son goût, le deuil de son ancien corps doté de tous ses sens.

Et il pleura violemment, il pleurait Ju', Ju' et sa vie fulgurante, sa vie d'apostrophe, une virgule dans l'atmosphère, Ju' que parfois il ne pouvait s'empêcher de haïr, c'était sa faute après tout, par sa mort elle l'avait tué lui aussi, par son inconséquence elle avait saboté le nez de Sylvain, en privant Sylvain de sa Ju' et de son nez, elle avait fait de lui un macchabée et pour ça il ne lui pardonnerait jamais, non, jamais, l'aigreur envahissait son cœur, acide et corrosive comme un flot de vinaigre, tu m'as tué, Ju', tu m'as tué… Et aussitôt refluait, comment pouvait-il seulement lui en vouloir, il ne pouvait que la pleurer, pleurer son absence qui le remplissait d'un trop-plein de vide.

Il pleurait Ju' et il pleurait la saveur du monde, l'odeur de la terre après la pluie, celle des draps propres pliés dans la lingerie d'Éliane, l'odeur du romarin dans les bocaux de la cuisine, du café et du parquet ciré, du dissolvant et du vernis sur les frêles ongles de sa sœur préadolescente, l'odeur du chocolat, du poulet rôti à l'entrée des charcuteries, des vieux livres à la couverture craquelée et des nouveaux aux pages blanches et veloutées, des paquets de petits-beurre, le goût des fraises du jardin et des noisettes torréfiées, l'odeur d'amande de la colle en bâton, la senteur du tabac blond, l'odeur suave de la peau d'Aude, le parfum fleuri de sa mère et l'odeur du cou de son père, du feu de cheminée des après-midi d'hiver, les relents aigres des vestiaires de gymnase, l'odeur de formica et de linoléum des salles de classe et des bâtiments administratifs, l'odeur de basilic frais sur les marchés italiens, le parfum de beurre chaud des viennoiseries à l'approche d'une boulangerie, le goût de la coriandre, des girolles, des premières pêches de la saison, la saveur des baies roses dans un tartare de saumon, l'odeur de marée sur les plages bretonnes et celle de chien mouillé de Durian qui rentrait crotté, et même l'odeur de merde, oui, il la pleurait aussi, l'odeur nauséabonde des couloirs de métro et de la pisse de chat, du chou cuit et des éponges sales, toutes ces odeurs furtives, bonnes ou mauvaises, qui coloraient le monde et lui conférait sa saveur, ces odeurs qui surgissaient par surprise devant son nez au vent, des fragments d'univers aspirés, avalés qui, en éveillant chacun une zone enfouie de sa mémoire, rappelaient Sylvain à lui-même autant qu'ils l'attachaient au monde. Il pleurait ce jaillissement d'émotions et de souvenirs spontané, qui s'offrait au quotidien sans qu'il n'ait besoin de convoquer artificiellement, par sa propre volonté, ces pans de mémoire laborieusement exhumés. Il pleurait l'ineffable puissance de ces antidotes à l'oubli, ces minuscules et éphémères gouttes d'éternité que plus jamais il ne saisirait au vol. Et il pleurait toutes celles qui n'avaient même pas eu le temps de l'effleurer, toutes ces odeurs inconnues que recelait le monde et qui lui resteraient à jamais inaccessibles, il pleurait toutes ces odeurs potentielles dont la quête avait alimenté son existence pendant plus de vingt ans, et qu'il ne connaîtrait jamais. Il pleurait toutes ces infimes sources d'émotion qui étaient ses racines et ses ailes, et que le choc lui avait tranchées.

Il drainait par les larmes tout ce qui lui restait en travers de la gorge, depuis ce jour où son univers, brutalement, était devenu une chambre funéraire, un monde glacé, clinique et aseptisé, inodore, incolore, depuis ce jour où la vie et le monde avaient d'un seul coup perdu leur goût, depuis ce jour où le parfum de la mort avait remplacé tout le reste. Après l'IRM de son cerveau en nuages noir et blanc, il était rentré à la maison comme un zombie, autour de lui l'attention inquiète dont il faisait l'objet depuis plusieurs mois s'était aussitôt agglutinée, ah Sylvain te revoilà mais tu étais où ? tu étais où ? il aurait dû le dire, à ce moment-là, mais les mots, *le* mot, n'étaient pas sortis et ne devaient plus sortir pendant quinze ans : anosmie, la surdité du nez ; anosmie, ce mot d'une froide réalité médicale qu'il avait enfouie dans le silence de son drame invisible. Sans une parole il s'était alors échappé de cette attention gluante, était monté dans sa chambre, avait ouvert ses placards et, d'un seul geste rageur, désespéré, détruit tous ses flacons. Ils s'étaient fracassés au sol dans une explosion de verre, mélangeant les essences en un magma informe, il n'avait rien senti, absolument rien, que du vide, rien senti de cette déflagration olfactive qui était pour lui le parfum de la mort.

Et à présent il pleurait convulsivement, est-ce qu'il pouvait encore vivre malgré tout ça, est-ce qu'il pouvait encore vivre alors que rien, quoi qu'on y fasse, rien ne lui rendrait Ju', et rien ne lui rendrait son nez... Est-ce qu'on pouvait vivre en ne sentant plus rien, est-ce qu'il pouvait vivre alors qu'il ne se sentait même plus lui-même ? Il n'avait plus d'odeur, plus d'existence, un ectoplasme – et pourtant il sentait, oui, il sentait malgré tout, dans la poitrine de cet ectoplasme, résonner les palpitations sourdes et douloureuses d'une vie encore en marche ; une vie qui, tandis qu'il se purgeait de ses dernières gouttes de liquide physiologique, tentait, dans un bricolage éperdu, de raccorder les fils.

31

Carine se tourna vers Alice, sourire aux lèvres : « Et voilà l'travail ! »

Un travail très soigné et impliqué, aucun doute là-dessus – et témoignant d'un indéniable sens du détail. Pourtant, Alice ne pouvait s'empêcher de trouver qu'il manquait un tout petit quelque chose, ce petit rien qui permettait de croire qu'on se trouvait véritablement devant un être vivant, et non devant un cadavre – un très joli cadavre, certes, mais un cadavre tout de même.

Il n'était cependant pas question, bien sûr, de livrer à la jeune thanatopractrice le fond de sa pensée, et elle lui rendit son sourire. Elle avait un bon feeling avec Carine, et celle-ci, de son côté, s'était immédiatement prise de sympathie pour Alice. Leur proximité d'âge et la découverte de goûts musicaux communs n'y étaient sans doute pas pour rien.

« Et quand t'as des corps... vraiment bousillés... tu ressens quoi dans ces cas-là ?

— Bah, y'a des fois c'est dur, ouais. Mais bon. Sur le coup j'suis juste concentrée sur la technique, et puis après, quand j'rentre chez moi, j'oublie… J'oublie vite, j'ai d'la chance ! »

Elle rigola en retirant sa blouse. Il n'était pas difficile de la faire parler, elle s'exprimait très volontiers, aimait visiblement discuter de son boulot comme de musique, de voyages et de la vie en général.

Elles sortirent du funérarium. Il était dix-neuf heures. Carine essayait de ne pas terminer ses journées trop tard et de ne pas laisser le travail trop empiéter sur ses week-ends. Elle voulait, disait-elle, se laisser le temps de vivre et de sortir, même si, fallait-il préciser, « avec ce taf, c'est sûr qu'on n'est pas dans le délire des trente-cinq heures, t'es passionnée ou tu l'es pas, quoi… » Elle menait d'ailleurs une existence tout à fait ordinaire, hormis cette profession un tantinet inhabituelle. « Les gens phasent toujours un peu quand j'leur dis mon métier… Et j'te laisse imaginer les *dates* Tinder ! Putain ! Le nombre de gars qui se barrent en courant dès qu'ils apprennent que j'passe mes journées à tripatouiller des morts… » Ça la faisait rire.

Son approche du métier était, du reste, assez pragmatique. Elle y était venue par des études d'infirmière, s'étant finalement évadée du milieu hospitalier qu'elle jugeait « inhumain » ; la thanatopraxie s'était alors imposée comme un moyen parmi d'autres d'« aider les gens », tout en mobilisant son appétence pour la technique et son goût pour l'anatomie. Son rapport au corps s'avérait, analysait Alice, très distancié ;

des dépouilles dont elle s'occupait, elle voyait d'abord, en technicolor, le fonctionnement du système artériel, l'agencement des organes, le développement du processus de putréfaction – tout ce qui faisait de ces cadavres, en premier et dernier lieu, des machines biologiques.

Alice venait de mettre le pied sur le trottoir, lorsqu'au fond de sa poche elle sentit la vibration de son téléphone. Elle s'excusa auprès de Carine et sortit l'engin. Le nom qui s'affichait sur l'écran la fit piler net.

L'appel qu'elle n'attendait plus.

« Allô ? C'est, euh, c'est Sylvain... » Silence. « ...Tu... tu es chez toi ? »

Sa voix un peu rugueuse était hésitante, aussi mal assurée que le pas d'un aveugle sans sa canne.

« Pas encore. J'y serai dans une grosse demi-heure à peu près.

— Est-ce que... est-ce que je... je peux venir ?

— Non. »

Un lourd silence accueillit sa réponse, elle prit un plaisir sadique à le laisser durer quelques secondes.

« ...C'est moi qui viens. »

Nouveau silence à l'autre bout du fil.

« ...Chez moi ? »

Dans la voix pointait une légère trace de panique.

« Oui. Donne-moi ton adresse. »

Il renâcla un peu, puis finit par la lui donner. Elle raccrocha avec, sur les lèvres, un sourire de satisfaction qui arracha à Carine un regard amusé.

32

Sylvain resta un instant immobile, téléphone à la main. Le temps de digérer la réalité de ce court échange.

Laquelle digestion s'acheva par un sursaut de panique ; il bondit sur ses pieds, parcourut anxieusement des yeux l'appartement, est-ce qu'il avait le temps de... ? Oui certainement, et puis ça valait mieux, au cas où, il avait déjà fait le ménage deux jours plus tôt, mais dans le doute... Il se jeta sur l'éponge, le chiffon, les produits d'entretien et récura comme un forcené, astiqua vigoureusement les quatre coins du logement, briqua l'évier, les plaques électriques, fit reluire le lavabo de la salle de bains, frotta les joints de la douche jusqu'à l'épuisement, puis le sol, la cuvette des toilettes, les robinets et les poignées de porte, avant de se stopper net au milieu de la pièce, saisi d'une nouvelle et brutale appréhension. Merde, et si maintenant ça puait la javel ?... Il courut au salon, dans la chambre, la cuisine, ouvrit toutes les fenêtres pour créer un courant d'air et finalement s'immobilisa, à peine plus calme, cheveux en broussaille et chiffon au poing. Juste le temps de réaliser que sa frénésie ménagère l'avait fait transpirer : aussitôt il se remit en mouvement, attrapa une chemise propre dans le placard et bifurqua vers la salle de bains pour reprendre une douche, rapidement.

Savonné et désinfecté, il se sentit enfin un peu mieux – bref instant de répit pour ses muscles raidis par la tension.

Fixé à la porte, le miroir légèrement embué l'accueillit comme d'habitude à la sortie de la douche. Mais contrairement à d'habitude, le regard de Sylvain, cette fois, s'y accrocha et il resta planté devant, étonné. Face à cette image vacillante et floue, il venait soudain de prendre conscience qu'il n'avait jamais vraiment regardé son corps depuis des années. Tous les matins il passait pourtant devant ce miroir, et devant celui suspendu au-dessus du lavabo, où il stationnait même de longs moments, rasoir au creux de la paume, mais alors il ne se *regardait* pas : son œil n'était absorbé que par des tâches précises, rasage, toilette, brossage de dents, opérations techniques n'ayant pas le moindre rapport avec le concept d'enveloppe charnelle de l'individu Sylvain Bragonard.

Depuis quinze ans, lui et cette chose qui se reflétait maintenant sous ses yeux évoluaient peu ou prou dans une relation d'indifférence glaciale. Le choc, en rompant les fils qui l'attachaient au monde extérieur, avait également sectionné le lien qui maintenait Sylvain à son enveloppe corporelle ; son propre corps lui était plus étranger que ceux des cadavres qu'il manipulait toute la journée. Il n'était plus qu'une machine, ce corps, une machine insensible et à moitié détraquée, un robot répétant inlassablement les mêmes gestes, quotidiennement, depuis des années : ouverture de la housse, déshabillage, désinfection, ponctions, pompage, maquillage, c'était tout ce qu'il savait faire, ce robot déglingué, ouverture de la housse, déshabillage, désinfection, ponctions, pompage, maquillage… Une machine qu'il fallait nourrir régulièrement, nourrir avec du carton, carton salé, carton acide, amer ou sucré, éventuellement relevé par le froid du menthol, l'astringence du vinaigre ou la chaleur du piment, seules choses qu'elle était encore capable de sentir, cette foutue machine, une minuscule poignée de saveurs grossières, seules rescapées du néant gustatif, tout le reste se noyant désormais dans une incommensurable et identique fadeur. Une machine qui, hors des quatre murs d'un funérarium, n'était qu'un fardeau à transporter à travers un monde devenu aussi insipide qu'impénétrable.

Mais aujourd'hui, une fois n'est pas coutume, Sylvain essuya le miroir du bout de sa serviette et y examina la machine, avec une infinie circonspection.

Le corps qu'il avait quitté était celui d'un mince garçon de vingt-deux ans, à l'air juvénile, à la peau hâlée par le soleil. Il retrouvait à présent celui d'un homme de trente-sept ans, un peu moins svelte, le cheveu plus foncé, le teint plus pâle ; son regard glissa vers ses épaules blafardes, son ventre d'un blanc d'endive – la couleur d'une peau qui n'a pas été caressée par le soleil, ni par quoi que ce soit d'autre, depuis quinze ans. L'œil coula encore un peu plus bas, vers son sexe qui, lui, palpitait de vie, et la circonspection se mua en un flot d'angoisse déferlant à l'intérieur de son abdomen, avant de s'élever, lentement mais sûrement, à l'assaut de sa gorge, et dans la glace Sylvain se vit pâlir encore davantage, il vit le sang se retirer de ses joues pour s'agglutiner en caillots dans son cerveau…

La sonnerie de l'interphone le fit bondir. Il se rhabilla précipitamment, s'emmêla les pinceaux en mettant sa chemise, boutonna lundi avec mercredi, rectifia fébrilement le tir dans une flopée de jurons, s'aspergea d'un dernier coup d'eau de Cologne par précaution, et alla ouvrir. Son cœur tambourinait dans la poitrine avec une telle vigueur qu'il se demanda un bref instant s'il n'allait pas remonter par la trachée, sortir par sa bouche et continuer de cabrioler frénétiquement à travers tout l'appartement avant de s'échapper par la fenêtre.

Alice en entrant embrassa les lieux et leur propriétaire de son œil intensément curieux. Ainsi, elle y était enfin, dans la tanière de Sylvain… Celui-ci l'accueillit avec sa raideur coutumière, ses effluves d'eau de Cologne et son éternelle chemise blanche. Mais cette fois, chose surprenante, ladite chemise avait été séparée du sempiternel costume noir ; elle trônait par-dessus un jean, et ça lui fit bizarre, de voir Sylvain en jean. Comme si ce simple détail, peut-être trivial, l'ancrait subitement dans le présent, lui qui, jusqu'alors, semblait toujours planer au-delà des vulgaires contingences temporelles.

Il lui proposa gauchement de s'asseoir, puis resta là sans plus savoir quoi dire. Elle se contenta de le regarder, amusée et attendrie, s'empêtrer dans son malaise.

« Je... peux t'offrir quelque chose ? À boire ? » finit-il par avancer, avant de réaliser qu'il n'avait quasiment rien dans ses placards. Il les ouvrit tous et les referma aussitôt, idem avec le frigo puis avec les tiroirs à couverts, comme s'il pouvait y dénicher miraculeusement un magnum de champagne ; il s'agitait dans le vide pour masquer sa gêne et sentait avec acuité le regard rieur d'Alice qui le suivait, ainsi que la brûlure sur ses propres joues.

« En fait, je... désolé, j'ai pas grand-chose... de l'eau ? Ou sinon j'ai, euh... du vinaigre... »

Maintenant c'était officiel, on pouvait faire cuire un barbecue sur ses pommettes, il pointa du bras la bouteille et un petit rire nerveux, rouillé, teinté d'amertume, s'échappa brusquement de sa poitrine : « Mon Château Margaux 2002, Grand Cru classé... »

Alice sourit sans répondre, et s'approcha. Un pas. Deux pas. Trois pas. En quatre elle était là, devant Sylvain pétrifié, figé en point d'exclamation au milieu de sa cuisine. Il vit les doigts souples avancer, les sentit effleurer sa chemise, parcourir le dos, monter jusqu'à la nuque et redescendre le long du ventre, explorer tranquillement ce corps raide comme un poteau télégraphique, ce corps qu'il ne contrôlait plus, bras ballants, poumons en apnée, il ne savait pas, ne savait plus, tentait désespérément de solliciter sa mémoire : comment faisait-il avant, comment faisait-il, bon sang ? Sa mémoire à ce sujet était muette ; avant c'était instinctif, il ne réfléchissait pas, se laissait essentiellement porter par les odeurs et les désirs que ces dernières suscitaient en lui. Mais cette partie animale et pulsionnelle de son être, elle aussi, avait été sectionnée ; il n'avait plus d'autre choix, désormais, que d'activer son intellect, lequel s'était, hélas, brusquement évaporé dans l'atmosphère, il s'était fait la malle, ce salopard, et l'ensemble du cerveau avec lui... Et le pauvre corps sans nez de Sylvain restait là, interdit, perdu, tétanisé, panne technique, ce n'était pas dans le protocole de la machine, il devait bien y avoir un mode d'emploi quelque part mais il ne savait pas où, visiblement pas dans le passé en tout cas, fallait activer d'autres zones, d'autres leviers inconnus, il tâtonnait éperdument dans le vide de son bocal et ne trouvait, encore et toujours, qu'un maudit mur de verre.

« Sens-moi. »

Le souffle dans l'oreille et les mains baladeuses, et puis la peau nue, soudain. Le T-shirt qui tombe à terre dans un bruit mat et léger comme un bruissement d'aile, le short aussi, et Sylvain n'esquissa pas un geste, regardant désemparé le paquet de vêtements au sol, tas muet qui ne lui livrait aucune clef de dépannage, ses yeux remontèrent le long du corps d'Alice. Alice dont les mots continuaient de résonner à l'intérieur de la cage de verre : sens-moi !

Sens-moi, sens-moi, elle est marrante ! Comment voulait-elle donc qu'il la sente, lui, l'anosmique, le parfumeur sans nez qui ne sentait que ses pairs, les morts ?

Car elle n'était pas morte, elle, non, pas du tout, assurément. En témoignait d'ailleurs l'activité de ses doigts qui, Sylvain s'en avisa avec terreur, avaient maintenant entrepris de déboutonner sa chemise. Il ne bougea pas, ne l'aida pas, se contenta de fixer ce corps charnu et ferme, au ventre lisse, aux hanches rondes, aux cuisses compactes et charpentées, au mont de Vénus touffu, un corps d'une simplicité presque brute mais dénuée de rugosité – un corps de pomme Gala.

Pomme Gala ! Arôme acidulé et texture croquante, granuleuse, des effluves délicats, en arrière-plan, de terre humide et de feuilles mortes, fruit robuste à la peau fine, d'un rouge strié de jaune, variété commune qui s'adapte à des terrains divers et s'épanouit dans la fraîcheur colorée et mélancolique de l'automne, oui : pomme Gala.

Sylvain respira, le nez rempli de pomme Gala, et joignit enfin ses efforts maladroits à ceux d'Alice pour l'effeuiller. Ses mains qui d'ordinaire s'activaient sur les cadavres avec une agilité et une précision chirurgicales se mouvaient avec la gaucherie d'un automate rouillé, mais Alice lui adressa un sourire rayonnant, son sourire d'épice chaude – cannelle – généreusement saupoudrée sur la pomme Gala. Un sourire qui venait du cœur, son cœur boisé et fruité de pomme à la cannelle dans un écrin d'automne.

Et elle promena sa bouche le long de l'épiderme frémissant de Sylvain, le long de ses membres secs et nerveux, de son visage anxieux aux traits délicats – notes de tête : une voix qui râpe et qui déraille, noie sa fragilité sous les graviers –, elle promenait sa bouche curieuse et gourmande comme elle se baladait dans le monde, guidée par sa tête aux senteurs de bois sec et de malles voyageuses, bouquet d'épices en chaud-froid, poivre, muscade et cardamome.

Alors les corps se mirent en branle, lentement, laborieusement ; symphonie bancale et dissonante, deux instruments mal accordés qui peinent à trouver leur rythme, qui tâtonnent et se heurtent, l'un trop impétueux, l'autre encore raide et grinçant. Une dysphonie plutôt, sincère autant que maladroite, une rencontre de peaux qui s'explorent dans un chant éraflé. Et puis le mouvement gagne un peu en rondeur, en fluidité malgré les fausses notes qui persistent, le tempo accélère et les lignes mélodiques convergent. Son moelleux, vif et chaud, cœur à cœur *allegro,* et le cœur de Sylvain qui s'emballe, l'embaumeur s'emmêle les pédales et discorde à nouveau, trop stupéfait de sentir sous ses doigts ce corps vivant et palpitant, ce corps dont il ne peut humer l'odeur de la peau et de l'haleine, ni du sébum s'écoulant dans les cheveux bruns, ni de la vulve humide, mais ce corps dont il sent malgré tout le parfum, en même temps qu'il lui livre le sien. Un corps étranger qui laisse sur la peau de Sylvain l'empreinte de sa gourmandise, tissée de notes lourdes et sucrées, vanille et réglisse, et aussi autre chose – quelque chose qu'il ne distingue pas tout de suite, et dont les effluves soudain le frappent comme les battements dans sa poitrine : la myrrhe ! Oui, c'est ça, il la reconnaît, bien sûr, la myrrhe puissante et tenace sous le manteau d'épices volatiles, grave et solennelle derrière la simplicité de la pomme d'automne ; la myrrhe dont la présence augmente à mesure que le mouvement reflue, que la symphonie maladroite s'éteint dans un doux *adagio,* alors que seule reste, au milieu du silence, la batterie assourdie de leurs cœurs, notes de fond des deux parfums entremêlés. Et, sur la langue de Sylvain hébété, la saveur du corps d'Alice.

33

L'ouverture de la housse dévoila le corps maigre, presque décharné, d'un très jeune homme – la vingtaine à peine. Lucien.

Sylvain souffla dans ses mains pour les réchauffer. Le funérarium, en ce mois de janvier, était aussi glacé que le frigo d'où sortait Lucien. Il se pencha vers ce dernier, lui ôta son T-shirt, son short, parcourut du bout des doigts sa peau blanche et fine, les traits de ce visage d'albâtre, figé dans sa jeunesse et crispé de douleur. Il l'examina pensivement tout en appliquant les produits de désinfection, et prit une large inspiration.

April Come She Will. Simon & Garfunkel.

Un bouquet d'agrumes, frêle et évanescent, des zestes de citron relevés de menthe, le pamplemousse et sa note d'amertume. Et dans la voix frémissante de Garfunkel, puissante et éthérée comme un battement d'ailes, soutenue par de simples accords de guitare, la grâce fugace des senteurs hespéridées qui, au parfum de Lucien, offraient ses notes de tête.

Sylvain se courba sur la figure congestionnée, en sutura les lèvres et souda les paupières, tandis que Simon & Garfunkel, dans ses oreilles, poursuivaient leur ode à l'éphémère :

July, she will fly

And give no warning to her flight...

Il prépara, songeur, la solution de conservation.

Arrivée en avril, partie en juillet ; en septembre, embaumée dans la boîte à souvenirs. Alice, elle aussi, comme l'oiseau de passage de la chanson, s'était envolée : elle s'était brièvement amarrée à lui, avait traversé sa vie comme les corps des défunts, avant de partir explorer d'autres univers.

Le tuyau de la pompe prit place entre les côtes saillantes de Lucien. Un sillon sombre enserrait son cou et Sylvain caressa du doigt ce stigmate de strangulation, dont l'ombre se projetait sur la note aérienne, rêveuse et fugitive du bouquet aromatique.

Il réajusta ses écouteurs, farfouilla dans les tiroirs de sa mémoire. Lui vint Berlioz, le *maestro* redécouvert il y a quelques semaines, à la faveur de ce concert auquel il s'était rendu avec Aude pour son dernier anniversaire. Et il revit soudain le fou rire de sa sœur à la sortie, eh Sylvain tu sais pas à quoi je viens de penser, j'étais persuadée que je connaissais bien Berlioz, mais en fait je me rends compte que si le nom m'était tellement familier, c'est à cause des Aristochats... Toulouse et Berlioz !... L'hilarité d'Aude était contagieuse et ils s'étaient retrouvés tous les deux pliés au pied des marches, attirant les regards vaguement désapprobateurs de quelques mélomanes guindés. Le souvenir des Aristochats ayant manifestement plongé Aude dans un bain de jouvence, elle avait, en lieu et place de commentaire sur la savante symphonie d'Hector Berlioz, passé le trajet du retour à fredonner *tout le monde veut dev'nir un cat* – c'est pas le bon air, tu chantes comme un pied, lui avait fait remarquer Sylvain, ce à quoi elle avait rétorqué, dans toute sa tendresse acide, c'est vrai, t'as plus de nez mais t'as encore des oreilles, j'avais oublié…

Il ne put s'empêcher de sourire au-dessus du corps inanimé. Songeant d'ailleurs, puisqu'on en est aux Aristochats, qu'il n'avait pas parlé à Aude de sa découverte des fabuleux standards jazz de Bud Powell… Ce serait pour la prochaine fois. Il revint à la dépouille, pour laquelle il choisit le *Songe d'une nuit du Sabbat*, dernier opus de la *Symphonie fantastique* : fanfare funèbre conférant à la fraîche acidité du parfum de Lucien des tons grinçants. Sur cette peau imberbe et tendre, les notes volatiles d'agrumes tournoyaient en une danse infernale, tour à tour sautillante et démoniaque, dans une forme de gaieté sinistre, aux ironiques exhalaisons d'angélique, rehaussées de genièvre et de ses évocations d'eau-de-vie résinée – ou bien grave et funeste, laissant dans son sillage, sous la vivacité fugace des accords de citrus, de lourdes senteurs camphrées d'encens et de cyprès.

Le drainage achevé, Sylvain perfora l'abdomen afin d'aspirer le contenu des cavités internes, puis referma l'incision.

Lucien était le troisième et dernier mort de la journée. Avant lui, il y avait eu Jacques : un long corps élégant et bohème aux doigts de pieds vernis, au parfum de jazz, enlevé et cérébral, des effluves secs, fumés et subtilement liquoreux, du cigare et du rhum, sur fond de chêne solidement charpenté, un parfum au rythme précis et sophistiqué, à la nonchalance soignée. Et puis Sonia, séductrice et féline, Kate Bush et Mylène Farmer fusionnées dans un capiteux bouquet musqué, la chaude sensualité du jasmin blanc et la délicatesse de l'orchidée au creux d'un cocon farouche, animal, d'ambre gris et castoréum, doublé de matières synthétiques – une facette aldéhydée dont les notes métalliques venaient renforcer l'expérimentale opulence de ce parfum pop et audacieux. Et maintenant, Lucien, parfum à la fois le moins mature et le plus complexe de la journée, un parfum dont l'équilibre vacillant faisait toute la grâce.

Sylvain le rhabilla délicatement et sortit ses cosmétiques, la poudre, les fards, le fond de teint, les crèmes colorées, avec sa collection de brosses et de pinceaux de toutes les tailles. Il ouvrit grand les yeux, les narines, et dans ses oreilles injecta *The Funeral,* dernière pièce du triptyque composant la charpente du parfum de Lucien. Une pièce rock et juvénile, à l'impulsivité adolescente, un concentré de clair-obscur où le soprano des agrumes côtoie l'ardeur sombre et angoissée de l'essence de cyprès.

At every occasion, I'll be ready for the funeral…

Et les basses puissantes, fougueuses, du refrain, une fois encore, rappelèrent à Sylvain la figure d'Alice, ses semelles crasseuses confortablement posées sur la boîte à gants, sa voix rapide et claire résonnant dans l'habitacle du fourgon, et son parfum dont il ne restait plus que la myrrhe, sensuelle et chaude, la myrrhe qui demeurait sur la peau de Sylvain comme un baume – jusqu'à ce qu'elle aussi, inexorablement, s'évanouisse, quittant son épiderme pour rejoindre les airs, se mêler à la respiration du monde où ce parfum continuera de flotter, en bribes immatérielles, des fragments d'Alice qui viendront encore longtemps, par vagues aléatoires, le caresser de leur souffle fugace.

Il se pencha de nouveau sur la dépouille, se concentra sur la reconstitution faciale, l'étalage des fonds de teint, le choix des couleurs et des textures appropriées. Opération délicate : dans ce parfum de funambule qui était celui de Lucien, la lumière et les ténèbres, la vie et la mort cohabitaient. Pour le matérialiser fidèlement, il fallait créer un masque de vie qui contienne la mort en lui-même… Il dissimula l'empreinte brune de la corde autour du cou, refit couler le sang dans les vaisseaux de ces joues minces mais conserva, courant le long des traits crispés du jeune homme, la souffrance de l'asphyxie – plus discrète, voilée, mais pourtant bien présente, incrustée dans la peau diaphane de Lucien –, la note de fond aux fragrances de cercueil.

Et sur cette charogne en recomposition, du bout du pinceau, Sylvain appliqua la dernière touche de son requiem parfumé.

13775

Composition
NORD COMPO

Achevé d'imprimer à Barcelone
par CPI Black Print
le 12 mars 2023

Dépôt légal : mars 2023
EAN 9782290363058
OTP L21EPLN003179-398955

ÉDITIONS J'AI LU
82, rue Saint-Lazare, 75009 Paris

Diffusion France et étranger : Flammarion